JN178063

最後の手紙

矢口敦子

集英社文庫

最後の手紙

雪の匂いがする。

掌《てのひら》を広げて、空を見上げた。

茄子《な す》紺色《こんいろ》の空には雲がふたつみっつ浮かんでいるだけで、雪の気配などひとひらもない。

それはそうだ。ここは東京、それもまだ十一月の半ば、雪が舞い降りることなど、まちがってもない。

札幌は雪なのだろう。優《すぐる》が窓から降りしきる雪を眺めているのかもしれない。

私も雪が見たいな。せめて死ぬ前に。

脳裏を、忘れていた光景が駆け抜ける。エレベーターを降りてドアをあけたら、吹きこんできた粉雪。

私は笑みを浮かべる。雪はない。でも、ほら、死に神が私の背中を押している。

私は心の中でナイフを握りなおし、待ち合わせの場所に足を踏み入れた。

あなたにはもう何通もの手紙を書いたけれど、これが最後の手紙になります。生まれてからこれまでの人生をたどる長い手紙ですが、読み通してくれれば嬉《うれ》しい。私は生まれる時、すでにして九死に一生を得ていたのです。

人はなぜ、自分が生まれた時のことを記憶していないのだろう。はじめてこの世界に顔を出すのだから、強烈な印象があってもよさそうなものなのに、狭い産道を通った痛みも、突如目の前に生じた明るさも、羊水とは段違いの産湯の熱さも、じかに耳に流れこんでくる両親の声も、なにひとつ思い出せない。

思い出そうという気になるのが生まれてからだいぶ経《た》ってからのためなのだろうか。そう考えて、誕生からごくごく間近な三歳児四歳児に尋ねてみても、覚えていないという。

だから、私の頭に刻みつけられている出生時の記憶は、おそらく母親や親戚が話していたことを自分の記憶と錯覚しただけのことなのだ。いまではそんなふうに理解している。

大きな掌が、この世界に顔を出したばかりの私のお尻をぴしゃりと叩《たた》いた。ものすごく痛かった。それで私は、泣いて抗議した。すると、まわりから、

「ああ、泣いた、泣いた」

と、歓声が起こった。

つまり、私は生まれてすぐに産声をあげなかったのだ。仮死状態だったのかどうなのかは分からない。大叔母に臀部《でんぶ》を叩かれなければ息を吹き返さなかったのかどうかも分からない。

私が生まれたのは一九五六年。同級生たちの大半は、病院で誕生している。でも、私の母親は出産時実家へ帰った。そこは適度に田舎で、なおかつ母親の叔母が産婆、いまで言う助産師をしていたため、私が生まれたのは母親の実家だった。周辺にいるのは親戚ばかりで、医者の最新の治療技術は望むべくもなかった。

「あんたは大叔母さんのおかげで九死に一生を得たんだよ」

子供の時分、母親からよくそう言われたものだ。そういった言説が、出生直後激しくお尻を叩かれたという記憶の捏造《ねつぞう》のもとになったのだろう。

九死に一生を得て生まれたからといって、非凡な幼少期を過ごしたわけではなかった、と思う。

しかし、母親に言わせると、私は少々厄介な子であったらしい。なにかを気に入ると、そればかりに執着したというのだ。

たとえば、二、三歳の私はジャムパンをいたく気に入ったのだという。それも、近所のパン屋さんのジャムパンで、必ず昼食にそのパンをほしがり、それを与えられないとほかにはなにも口に入れなかったということだ。しかも、ジャムパンへの執着が冷めると、次はその当時発売されて間もないインスタントラーメンに凝ったのだという。これも、一日に一回は食べないと気が済まなかったそうだ。

食べ物ばかりでなく、寝る時には必ず枕もとにキューピー人形を置かなければならなかったという。それも、三個あったキューピー人形を、左から右へ大きな順に並べなければ承知しなかったというのだ。それが一歳から幼稚園に入るまでつづいたらしい。

出生時の記憶のある私が、そういった幼児期についてはまったく覚えていなかった。母親から聞かされた時には、しようもない子だったと他人事のように呆《あき》れたものだ。

私が明らかに執着を自覚した最初のものは、紙ぼっちゃんだった。

紙ぼっちゃんというのは、私が勝手にそう呼んでいる、紙でできた着せ替え人形である。着せ替えの服は既製のものもあったけれど、自分で描いて作ることもできた。小学生になったばかりの一時期、私はひがな一日着せ替えの服を作ることに熱中し、友達と遊ぶこともしなければ学校の宿題さえしなかった。もちろん、それは母親や先生を怒らせたが、怒られるよりも着せ替えの服を作ることをやめるほうが苦痛だったから、私は母親も先生も無視した。

なにをきっかけに紙ぼっちゃん熱が冷めたのか、はっきりしない。ともかく、次に執着したのは、ある日偶然視聴した、はじめての国産テレビアニメ「鉄腕アトム」だった。私はたちまちアトムに夢中になり、それからは放送日を待ち焦がれるようになった。でも、テレビの放送は私がどんなに泣こうが喚《わめ》こうが、週に一回だけだった。一週間が永遠のように待ち遠しかった。少しでも早く放送日が来るように、いろんなことで時間をつぶすしかなかった。結果的に私はよく遊び、よく学び、よく眠る子になった。見掛け上は、ひとつのことだけに執着せずに、あちらにもこちらにも興味を抱く子になったのだった。

なぜこんな幼少時の話を長々とつづったかというと、私のこれまでの生き方を、先天的な性格のせいにしてしまいたかったからだ。こういう生き方しかできなかったのは、後天的に得た理性や知恵ではどうにもならない、遺伝子的なもののせいだったのだ、と言い訳したかったからだ。

見苦しい真似《まね》はやめよう。実際のところ、私は遺伝子決定論者じゃないし、ましてや人の運命はあらかじめ定められているものだと考えている人間ではない。

先に進もう。

シーちゃん、半田忍《はんだしのぶ》について書かなければならない。

シーちゃんは、中学一年生の時に同じクラスになった女の子だ。クラスではあいうえお順で席が決められ、私の名字が平野《ひらの》、シーちゃんの名字が半田ということで、シーちゃんはちょうど私の左隣に座っていた。

しかし、私がシーちゃんを認識したのは、いくらか経ってからだった。私の右隣と左斜め前には小学校からの友人だった女の子たちが座っていて、彼女たちと一緒になれた喜びに、私は左隣の同級生などに目がむいていなかった。

席について顔が合った時よろしくと言ったのよ。知り合いになってから、シーちゃんはそう私に言ったけれど、私はてんで気づいていなかった。

そんな私がシーちゃんと親しくなったきっかけは、シーちゃんの欠席だった。学校がはじまって間もなく、シーちゃんは四日ほどお休みした。無断欠席だった。それで、先生が学校からのたよりを届けるのとともにシーちゃんの様子を見てくるように、私に言いつけたのだ。

シーちゃんの家と私の家は、かなり離れた場所にあった。住所からいったら、もっとシーちゃんの家に近い女子は数人いたはずだ。それなのに私がシーちゃんを訪ねることになったのは、級長に選ばれていたからだ。私はその日の放課後、不承不承シーちゃんの家へ行った。

シーちゃんの家は、壁の白いペンキも新しそうな一軒家だった。いまから思えば大きいとはいえない建物だったけれど、当時官舎と呼ぶ国鉄のアパートに住んでいた私の目から見ると、立派なお屋敷に見えた。しかも、中からピアノの音が聞こえてきた。シーちゃんはお金持ちのお嬢様なのだと思った。

どこかで聴いたことのあるメロディだった。私はしばし耳をかたむけた。あ、最近はやりはじめたカルメン・マキの「時には母のない子のように」だ。

曲が終わってから、私は玄関のドアをあけた。ぱちぱちと拍手の音が目の前のドアからこぼれてきた。靴脱ぎ場に大きな男もののサンダルがあった。あ、お父さんがいるんだ、と私は思った。

私は物おじしない子だったのだけれど、この時はどうしてか臆する気分が働いた。

「ごめんください」

出した声がか細くなった。それにたいして、

「はーい」

元気いっぱいの返事とともに、シーちゃんが目の前のドアをあけて出てきた。

シーちゃんの顔はろくすっぽ記憶していなかったのだけれど、それでも学校で会うのと印象がちがうような気がした。ずいぶんと美少女だ。肩まで届く髪の毛が外巻きになっていて、誰かに似ていると思ったけれど、誰だか思い出せなかった。

「あら」

と、シーちゃんは私を見て声をあげた。

「私、一年一組の平野です。平野史子《ふみこ》」

シーちゃんは、覚えているわ、というように軽くうなずいたけれど、私はどうしてか上がってしまって、言うべきことを息も継がずに言った。

「先生が半田さんの様子をみてくるように、って。それから、学校からのおたよりを持ってきたの。これ」

私は鞄《かばん》からシーちゃんの分の学校便りを出してわたした。それから、シーちゃんを上から下まで眺めまわした。先生からシーちゃんの様子を見てくるように言われたのだから、役目を果たさなければならない。

「元気そうね」

それが私の結論だった。

「ええ」

と、シーちゃんはほほえんだ。

「どうして学校を休んだの」

この質問は先生から言いつかったものではなかったけれど、聞かずにいられなかった。

シーちゃんは笑みを絶やさずに言った。

「ピアノの練習をしていたの」

思いがけない答えに、私は間の抜けた質問を放った。

「ピアノのコンクールがあるの？」

「ううん。カルメン・マキの『時には母のない子のように』を弾けるようになりたかっただけ。夜ピアノを弾くと、近所迷惑でしょう。だから、昼間弾くしかなかったの」

　昼間ピアノを弾くしかないから学校を休んだのだ、という理屈であるらしい。私は、そういう理由で学校を休む人間がいるとは思わなかったので、目をぱちくりさせてしまった。いくら紙ぼっちゃんに熱中した時でも、私はとりあえず学校へは行っていたのだ。授業の最中、ノートに着せ替え用の服ばかり描いていたにしても。

「なんとか弾けるようになったから、明日からは学校へ行くわ」

　シーちゃんは、私の気持ちをほぐすようにつけくわえた。

　ああ、それはよかった。そう思ったけれど、口に出したかどうか。

「じゃ、明日」

　私はぎくしゃくとまわれ右をして、玄関を出た。

「ごほっ」と背中に男の人の声が聞こえた。

　そうだ。お父さんが家にいるのだ。シーちゃんは親公認で学校を休み、ピアノの練習をしていたということだ。単純に、羨ましさを感じた。

　シーちゃんの家を出てから、私はシーちゃんが誰に似ているのか思い当たった。「サイボーグ００９」のフランソワーズだ。私はそのころ、石森章太郎《いしもりしょうたろう》（のちの石ノ森章太郎）の「サイボーグ００９」という少年漫画に熱中していたのだけれど、そのヒロインのフランソワーズ、００３に似ているのだ。

なんてことだろう。大好きな漫画のヒロインに似た女の子がこの世にいるなんて。私もシーちゃんのような顔に生まれつきたかった、とつくづく思った。

シーちゃんは翌日、約束通り学校に出てきた。髪を三つ編みにしていたせいか、前日ほどフランソワーズに似ていなかった。少しきれいな女の子程度だった。でも、私と目が合った時にほほえんだ笑顔は素晴らしかった。

「あなたのこと、フーちゃんって呼んでいい？　私のことはシーちゃんと呼んで」

そう言われたのも、心臓がごとごと音をたてるほど嬉しかった。

私は、それまでアニメや漫画の主人公に夢中になることはあっても、生身の人間に強く惹《ひ》かれることはなかった。でも、シーちゃんにたいしては、ほかの友人とはちがうものを感じた。一生涯の親友になれるかもしれない、漠然とだが、そんな予感を抱いたのだ。

シーちゃんには私以外、仲のいい女友達がいなかった。出身の小学校では担任の先生からえこ贔屓《ひいき》され、その分同級生から仲間外れにされていた、という話が伝わってきていた。

中学校では、シーちゃんが担任から贔屓されることはなかった。むしろ、逆だった。

私たちの三十代後半の独身の女性担任は英語を担当していたのだけれど、授業中にシーちゃんを指名することが多かった。そしてシーちゃんは、しばしば答えに詰まって立ち往生した。そういう時、担任の口もとにはかすかに残虐な笑みが閃《ひらめ》いた。担任はシーちゃんを虐《いじ》めるためにシーちゃんを指しているとしか見えなかった。

私は悔しくて、

「ねえ、もっと英語を勉強して試験で百点とって、先生の鼻を明かしてやりなさいよ。私、勉強を手伝うから」

と言ったことがある。するとシーちゃんは、少しの強がりもまじっていないのほほんとした調子で言ったものだ。

「日本人だもの。英語が下手だって、ちっともかまわないわ、私」

もしそれを耳にしたら、クラスのみんなもシーちゃんを見直したかもしれない。でも、シーちゃんは私相手にしかそんなことは言わなかったから、担任に意地悪をされる女生徒にたいする同級生の関心は低かった。

ただ、上級の男の子たちが、シーちゃんに心をときめかしているらしいという噂《うわさ》はあった。一年生とは思えない色っぽさがあるとかなんとか。私はそういう噂を聞くと、むかっ腹をたてた。石森章太郎の描く女の子に似ていたのだから、確かにいくぶん年齢不相応な色っぽさがあったかもしれない。しかし、中学生の私は、そんな目で親友を見られたくなかった。

私には友人がたくさんいたけれど、お弁当を一緒に食べるのはシーちゃんと決めた。そうでもなければ、シーちゃんは一人ぼっちでお昼休みを過ごすことになっただろう。

私とシーちゃんは唯一無二の親友同士だ。一学期から二学期をとおして、私はそう信じていた。

ある日、私が「時には母のない子のように」のピアノを聴かせてほしい、と言うと、シーちゃんは「じゃあ明日」と言った。その「明日」、シーちゃんは学校を休んだ。

放課後、どうしたものかとシーちゃんの家を訪ねると、シーちゃんは嬉しそうに玄関へ出てきた。

「待っていたわ」

「学校を休んだんで、どうしようかと思ったんだけれど……具合が悪かったんじゃないの？」

「ああら、ピアノの練習をしていただけよ。しばらく弾いていなかったから、うまく弾けないんじゃないかと心配だったの」

シーちゃんはあっけらかんと言った。

私がピアノを聴きたいと言ったために学校を休んだのか。私は驚くとともに、感激した。

ピアノは、八畳ほどの広さの居間に置かれていた。家にはシーちゃんしかいなかった。シーちゃんは「時には母のない子のように」を、熱を込めて弾いてくれた。そのほかにも、二、三曲、なにか弾いた。知っている曲も知らない曲もあったはずだけれど、なんだったか覚えていない。ともかく、どれもとても上手に聞こえた。私は曲が終わるたびに盛大に拍手した。

ピアノの演奏が終わると、二階のシーちゃんの部屋にとおされた。

四畳半くらいの広さの洋間で、ベッドと机と本棚と洋服簞笥《だんす》が置いてあった。本棚と簞笥の上には、いくつものぬいぐるみが鎮座していた。

座る場所がなかったから、シーちゃんは机の椅子に、私はベッドのはしに腰をおろしておしゃべりをした。そのベッドのカバーと窓のカーテンが同じ柄で、橙色《だいだいいろ》系のタータンチェックだった。シーちゃんのお母さんが縫ったものだそうだ。ベッドカバーとカーテンは部屋に明るさと温かさを与えていた。

「お母さんは、洋裁学校で先生をしているの」

と、シーちゃんは説明した。じゃあ、お母さんは日中、家にいないのだ。だから、シーちゃんは好き勝手に学校を休めるのだ。納得しかけて、はじめて家を訪ねた時、お父さんの咳払《せきばら》いが聞こえていたことを思い出した。お父さんは働いていないのだろうか。

「お父さんは？　この前、おうちにいたよね」

「え、この前って？　あ、はじめてフーちゃんが来た日？」

なぜかシーちゃんの頬が桜色に染まった。

「あれはちがうわ。従兄《いとこ》がいたの」

「従兄？」

「あの茶色の屋根瓦が見えるでしょ」シーちゃんは窓のむこうを指さして言った。「あそこに住んでいるの」

「親戚、みんなこの辺にいるの？」

「ううん。従兄だけ。あの家には下宿しているの。去年、福島から出てきたのよ」

「福島？」

「お母さんの実家が福島にあるの。従兄は、お母さんのがわの従兄なの」

「ああ、じゃ、名字もちがうんだ」

「そう。田中シュンイチロウという名前なの。春に一郎と書いて、シュンイチロウと読ませるのよ」

なぜかシーちゃんは不服そうにその名前を言った。

「なにしに福島から出てきたの」

今度、シーちゃんはすごく自慢げになった。

「大学に入るためよ。T大よ」

「T大！」

日本の最高峰の大学だ。

「でも、いまは学校に行っていないけれどね」

「そりゃ、学校があああいう状態じゃね」

私はしたり顔で言った。

この年の一月、T大では学生と機動隊が大学構内で攻防を繰り広げ、それをテレビが延々と放映していたのだ。なにをめぐって学生が運動をしているのか、明確に知っていたわけではなかったけれど、私はもちろん、学生の味方だった。

「全共闘なの？」

「ノンセクトみたいよ」

「どこの派にも属していない？」

「ええ」

「一人じゃなんにもできないんじゃない？」

「どこかに所属しちゃうと、派閥争いで真の敵が見えなくなるんですってよ。従兄はものごとの本質を見極める力がすごいの。日本がこうなってしまったのは、大学より下の学校にそもそもの問題があるからだと言っていたわ。現在の学校制度は国家がお仕着せの人間を作るために創出したものであり、解体して、子供たちに真の学びを与えなければならない、って」

シーちゃんは、田中春一郎からの口移しにちがいない、舌を嚙《か》みそうな言葉をよどみなく言った。私は鳩《はと》が豆鉄砲を食らった表情で聞いていたと思う。

「田中春一郎さんって、教育学部なの？」

「ううん。原子力の研究をしようとしている」

「原子力って、原子爆弾？」

「ちがうわよ。平和利用のほう。原子力発電」

「ああ？」

大阪の万博に原子力発電所から電気が送られたというニュースが日本をかけ巡るのは翌年のことで、私はまだ原子力発電について知らなかった。

原子力といえば、広島長崎に落とされた原爆、それから核実験と相場が決まっていた。ビキニ環礁での核実験で第五福龍丸《ふくりゅうまる》の乗組員が被曝《ひばく》したのは私の生まれる前だったけれど、幼いころ、雨に濡《ぬ》れるとハゲになると脅されたものだった。

理解不能の話から逃れるため、私は話題を変えた。担任のW先生が年下のS先生とつきあっている（つきまとっている）噂とか、そんなところだ。

その話になったのは、夏休み中にシーちゃんの家を訪ねた時のことである。その日も、シーちゃんは一人で家にいた。居間の床にぐだぐだと寝そべって（板敷きの床はひんやりして気持ちよかった）話しているうちに、私はふと思い出して聞いた。

「シーちゃんのお母さんは洋裁学校の先生なのよね。それで、お父さんはなにをしているの」

「お父さんは高校の体育教師。バレーボールのコーチもしているんで、夏休み中も毎日学校」

「すごいね。アタックＮＯ．１だ」

「とーんでもない。地区大会では万年最下位みたいよ」

「ああ……」

両親とも先生だと知って私は、

「じゃあ、シーちゃんは将来、ピアノの先生だね」

と気軽に言った。すると、シーちゃんは確固とした様子で首をふった。

「ううん。私の実力じゃ、プロのピアニストなんて無理。お稽古も小学校の三年までしか行かなかったわ。それに、私はピアニストになりたいとは思わないし」

「なにになりたいの」

「今度こそ彼のお嫁さんになるの」

お嫁さんはそのころの一般的中学生の一番人気の将来像だったけれど、「今度こそ」

とはどういう意味だ。それに「彼」とは？

「彼って誰。それに今度こそってなに？」

シーちゃんは急に起き上がり、私の上におおいかぶさるようにして言った。

「誰にも秘密の話よ」

「あ、うん」

「私は生まれる前の記憶をもっているの」

「生まれる前の記憶？」

私は驚倒した。このころ私はまだ自分が生まれた時の記憶をもっていると信じていた。そして、それはひそかな矜持《きょうじ》にもなっていた。けれど、シーちゃんには生まれる前の記憶があるというのだ。私よりもさらに上手ではないか。私は興奮して上体を起こした。

「どんな記憶なの」

「半田忍として生まれる前、私は宙を漂っていたの。恋人とふたたび巡りあえる体を探すためよ」

「恋人とふたたび巡りあえる？」

「半田忍の前世は、会津《あいづ》藩の下級武士の娘『おしの』だったの。おしのには将来を誓いあった『さかもとしろう』という七つ年上の藩士がいたのだけれど」

シーちゃんは、宙に指を動かした。どうやら「さかもとしろう」と漢字で書いたらしかった。「坂本史郎」

しろうの「し」は私の名前の「史子」と同じ字だ、と私はぼんやりと思った。

「時はちょうど徳川幕府が倒れた混乱期、会津藩は新政府と真っ向から対立して、会津若松城《わかまつ》に籠城《ろうじょう》して戦うことになったの。史郎は戦いの中で戦死、彼を追っておしのも自刃したわ。史郎のまだ暖かみの残る遺体のそばで、ね。それから、おしのの魂は史郎の魂を求めてたっぷり九十年、さまよいつづけたの」

シーちゃんは夢みる瞳で語った。

徳川幕府だの会津藩だのと言われても、歴史が苦手の私にはぴんとこなかった。それでも、シチュエーションだけは理解できた。

「それで、この世で史郎と再会できたの?」

私は固唾《かたず》を飲むようにして聞いた。シーちゃんは、夢見る瞳のままほほえんだ。

「ええ」

「どんな再会だったの」

「劇的な再会ということはないのよ。でも、ちょっと声をあげちゃったな、あら、って」

あら、と言ったのか。そういえばはじめて家を訪ねた時、シーちゃんは私を見て「あら」と言ったな、と私は思い出した。胸が妙にドキドキし出した。

「史郎は前世と同じ姿形をしているの？」

「同じじゃないわ。私だっておしのに瓜二《うりふた》つというわけじゃなさそうだもの」

「それでも、分かるのね？」

「もちろん」

「それで、相手も分かったの？」

シーちゃんの透き通った頰に血の色がのぼった。それまでも綺麗《きれい》だったけれど、いっそう綺麗になった。私はうっとりと見とれた。

シーちゃんはなにか言いかけ、それからたったいま目覚めた人のようにまばたきした。そして、喉から押し出す声で言った。

「分かっているとは思うんだけれど、いまいち反応が、ね」

私の心臓はいっそう高鳴った。

「この時代の史郎って、男性なの？　七歳年上なの？」

シーちゃんは、なんでそんなことを聞くの、という顔をした。

「そりゃ、男だし、七歳年上だわ。そこまでちがってしまっちゃ、さすがに捜しようがないじゃない」

ああ、そうなの、と私はなんだか爪を嚙みたくなったけれど、どうしてなのかその時はまだ分からなかった。

「でも、七つ年上って、二十歳？　ずいぶんおじさんだね。そんなおじさんとどこで巡り合ったの」

「おじさんなんかじゃないわ。頭がいいくせに案外子供っぽいの。そこのところ、史郎とそっくり。成田《なりた》に行ってゲバ棒なんかふりまわしているの。戦死はしないだろうけれど、あんまり無茶してほしくないわ」

成田というと、空港を作らせないために学生たちがゲバ棒を持って機動隊と戦っている場所だ。とすると、相手は学生。

そこまで考えて、私は史郎が誰だか見当がついた。

「史郎って、田中春一郎さん？」

シーちゃんの頰がまたしても桜色に染まった。

図星だったのだ。シーちゃんは福島から出てきた従兄と前世で恋仲だったのだ。そしていまは？

史郎のほうはシーちゃんが前世の恋人だったとは気がついていないようだ。ということは、まだ恋愛関係にはなっていない。

ほっとはしたけれど、同時に絶望的な気分にも陥った。前世からの恋人同士じゃ、いずれ恋人同士になるのはまちがいないと確信したのだ。

それから、戸惑った。どうしてそう確信したからといって、絶望的な気分にならなければならない？　変な私。

その時は、変な私だと思っただけだった。でも、それ以降、学校でシーちゃんの姿を見かけるたびに胸が疼《うず》いた。話をするたびに、心臓が動悸《どうき》した。

私は、シーちゃんに特別な思いを抱いてしまった。しかし、その特別な思いというのは、シーちゃんが私よりもすごい記憶をもっている、つまり前世の記憶をもっている人だと知ったからだろうと、解釈していた。シーちゃんは私などに足もとにもおよばない類いまれな人なのだ……。


決定的なことが起こったのは、その年の冬休みのことだった。

私は、お正月用品を買い求める母親のおともで少し遠くの商店街へ行った。そこは、シーちゃんの家に近い場所だった。蒲鉾《かまぼこ》や数の子といったものを念入りに選んでいる母親についているのに倦《う》んで、私は店の外へ出た。どうせ必要なのは荷物持ちで、それは買い終わった時点で発生する作業だった。

道路をはさんでむこうがわには、バス停があった。なにを眺めるわけでもなくその辺りに視線を置いていると、バスが近づいてきた。バス停には誰もいなかったので、そのまま走りすぎるんだろうと思っていたら、

「早く早く」

という華やかな女の子の声が左手から響き、そちらの方向に目をやると、二つの人影がバス停へむかって駆けてきていた。外巻きの髪をふり乱して走っているのは、シーちゃんだった。

「シーちゃん」

声をかけようとして思いとどまったのは、バスに乗ろうと急いでいる人を呼びとめるわけにいかないという常識が働いたからではなかった。二つの人影のうちのもう一つが視野に入ったからだ。

若い男の人だった。長めの髪が顔にかかって、容貌は定かではない。しかし、痩身《そうしん》で背が高く、足が長かった。白いざっくりしたセーターに黒いマフラーをはためかせているのがかっこいい。

福島から来たという従兄だ、と即座に悟った。前世の恋人、運命の相手。

従兄がシーちゃんに追いついた。と思うと、あっという間にシーちゃんを追い越した。

「待って」

あとを追う立場になったシーちゃんの声の、なんと甘やかだったことか。

従兄がちらとシーちゃんをふりかえり、右手をさしのべた。シーちゃんはその手をしっかりと握りしめ、ひきずられるような感じで速度を増した。

シーちゃんをふりかえった瞬間に、従兄の顔がくっきりと見えた。秀でた額と鷲鼻《わしばな》、目尻がきりりと上がって、侍のような面立ちだった。

バスは減速、停車し、二人を乗せ、走り去った。

この間、十数秒。私の喉はからからに渇いていた。手が冷たくなっていた。そして、胸は、獣の鋭い爪にひっかかれでもしたようにざくざくと痛んでいた。

私は、シーちゃんに、恋している。そう自覚した瞬間だった。


女の私が女のシーちゃんに恋？

とても信じられない発見だった。

なにかのまちがいだと思った。

しかし、冬休みの間じゅう、私の頭にはシーちゃんしかいなかった。なにを見てもなにをしても気もそぞろで、シーちゃんのことばかり考えていた。そして、冬休みが終わって学校へ行ってみると――

あろうことか、私はシーちゃんの顔がろくすっぽ見られなかった。口をきくこともできなかった。シーちゃんからなにか言いかけられても、ぶすっと不機嫌な顔で最小限の受け答えしかできなかったのだ。一日二日のことではなかった。毎日毎日その調子だったのだ。遂《つい》には、お昼休みに一緒に過ごすことさえできなくなった。

心の中ではシーちゃんといつも通り話がしたい、顔を見ていたい、そう思いながら、休み時間、私はシーちゃんから声をかけられないように視線をそらし、ほかの友人とのおしゃべりを途切れさせない努力をした。

目の隅には、シーちゃんの悲しげな顔が映っていた。一人ぼっちでお昼ご飯を食べるようになったシーちゃんの背中は、侘《わび》しげだった。見かねて友達の一人にシーちゃんと一緒にご飯を食べるよう勧めたけれど、一回役目を果たした友達はあとがつづかなかった。

「あの子、なにを言っても生返事で失礼だわ」

シーちゃんとお昼休みを過ごした私の友達は、みんなそう言った。どうやらシーちゃんは、私としかお昼を食べたくないらしかった。喜ぶべきところかもしれないが、私の辛《つら》さはいっそう増した。

二月のはじめだったか、授業中シーちゃんの机から小さな紙つぶてが飛んできた。開いてみると、几帳面《きちょうめん》な字で、

「私、フーちゃんになにか悪いことしたかな。思い当たらないの。鈍感でごめんね。許してもらえると嬉しい。忍」

とあった。

私は涙がこぼれそうになった。しかし、目の端でこちらを見ているらしいシーちゃんに顔をむけることはできなかった。本心がばれるのが恐かった。

そもそも、シーちゃんには前世からの恋人がいるのだ。七つも年がちがうのに、あんなに仲睦《なかむつ》まじいのだ。私の入りこむ余地はゼロに等しいだろう。でも、シーちゃんと学校友達でしかないという役割は、私には耐えられなかった。シーちゃんを無視するしかなかった。

幸いというべきかどうか、耐え忍んだのはそれほど長い期間ではなかった。二月の末に、父親の転勤が決まったのだ。遠く離れた未知の地方、北海道札幌《さっぽろ》市だった。母親は、あそこには熊が出るんじゃないかしら、買い物できる場所なんてあるのかしら、とほとんどパニック状態だった。父親は宮城県の出身だったが、母親は奥多摩《おくたま》の生まれで、東京から北へ行ったことがなかった。しかし、この時代、単身赴任なんていう言葉はまだなかったから、一家で転居することになった。

高校一年生だった兄は転校したくないとごねたが、私はシーちゃんから離れられると、安堵《あんど》した。それと同時に、言いようのない寂しさを味わいもしたけれど。

兄の高校の編入試験や転居の準備などのために、三学期の終業式が終わるまで東京にいることはできなかった。

三日後には転居するという日、思い切ってシーちゃんに転校を伝えようと決めて登校したのだが、シーちゃんは学校に来なかった。その次の日も休んだ。ただし無断欠席ではなく、インフルエンザで休んでいるということだった。私はとうとう三学期いっぱい、シーちゃんと親しく口をきくことなく、札幌へむかうことになった。

出だしに、生まれる時に九死に一生を得たと書いたけれど、あれが九死に一生なら、札幌で遭遇したことは、なんて呼べばいいかしら。九・九死に〇・一助かった？ ただし、そういう日に遭うのは、もう少し先のこと。札幌での新しい生活は意外に快適にはじまりました。

新しい中学校のクラスに、長谷部《はせべ》おさむという男子がいた。「おさむ」は「理」と書くのだけれど、本人は「治虫」と書き替えていた。あの、漫画の王様「手塚治虫《てづかおさむ》」からちゃっかりいただいたのだ。つまり、彼は無類の漫画好きだった。

名字のあいうえお順の関係で、長谷部君は私の前の席に座っていた。授業がはじまった初日、彼が数学の授業の間じゅう、ノートに漫画を描き散らしているのが見えた。

手塚治虫の漫画の主人公ではなく、石森章太郎の漫画の主人公を真似ているようだった。中には明らかに「サイボーグ００９」の登場人物と思える絵もあったから、私は興味を抱いた。

「うまいね」

授業が終わると、私は長谷部君に声をかけた。長谷部君はぎょっとしたようで、返事をしなかった。私はさらに言った。

「009でしょう。私、ファンなの」

長谷部君の表情がやわらかく解けた。

「女が009のファンって、珍しいね」

「兄きの漫画を読んでいるから」

「お兄さんも漫画が好きなの」

「うん。でも、兄きは絵は描かない。私のほうがうまいと思うよ」

「え、あー」

長谷部君は言葉に詰まった。どうやら私の名前を覚えていないらしいので、私は名乗った。

「平野よ。平野史子」

「ああ……平野さんも漫画を描くのかい」

私は返事をする代わりに、机に出しっぱなしだったノートの片隅にさらさらと鉛筆を走らせた。009の登場人物のうちの二番目のお気に入り、クールな004を描いた。

長谷部君はまばたきもせず、私の鉛筆の流れを追っていた。

「うまいね」

私が描き終わると、長谷部君は熱くもなく冷たくもない調子で言った。

「オリジナルの絵も描くのかい」

「オリジナル？」

「つまり、真似じゃないやつ。俺がこうやって石森先生や手塚先生の真似をしているのは、自分の絵を上達させるためなんだ。真似からはじめて段々自分の絵を完成させるのがいいって、教えられたから」

「へえ。誰か絵の描き方を教えてくれる人がいるんだ」

「顧問の笹井《ささい》先生」

「顧問って、なんの顧問？」

驚いたことに、この中学には漫画クラブというものがあった。中学二年の長谷部君と中学三年の伊藤三樹夫《いとうみきお》先輩、黒金淑恵《くろがねよしえ》先輩の三人だけのクラブだったけれど、笹井という先生が顧問をしていた。

笹井先生は、美術の先生ではなく、理科の先生だった。

理科の先生が漫画クラブの顧問？　先生に紹介された時、私が奇妙な顔をしたせいだろうか。先生はまるで言い訳するように、

「植物や昆虫を観察する時、ささっと写生できれば役立つだろう」

と、言い訳にもならないことを口にした。

教師になって四年目の、二十六歳、独身。

ハンサムなら漫画クラブへの女の子の入会がわんさと増えたかもしれないけれど、すでにして頭髪が後退しかかって、おでこがとても広かった。理科の授業では教科書から脱線して昆虫の生態に熱がこもることもしばしばで、その脱線がさらに漫画の話になることもあった。私には面白かったけれど、まわりの女の子は机の下でファッション雑誌をまわし読みしていた。

まあ、とにかく、私は長谷部君から漫画クラブの面々に紹介されると、すぐに入会した。

クラブの人たちは読むだけでなく描くことにも熱心だった。私はその時までノートのはしにイラストは描いても漫画を描こうなどという気を起こしたことはないのだけれど、クラブに出入りする間に自然と漫画を描きはじめた。

休みになると「デッサン会」と称してみんなで円山動物園や藻岩山《もいわやま》や、その他いろいろなところへ出かけた。おかげで私は、札幌の町に家族の誰よりも早く慣れ親しんだ。

笹井先生は、ポケットマネーで「ガロ」や「COM」という漫画雑誌をクラブに提供していた。私の兄はもっぱら少年漫画の愛読者で、高校に入ってからは「プレイボーイ」とか「平凡パンチ」といった雑誌に転向していたから、はじめて目にする類いの漫画だった。

「ガロ」は漫画というよりは劇画の雑誌。白土三平《しらとさんぺい》の「カムイ伝」が最大の話題作だったけれど、いまの人にそんな題名を言っても分からないだろうか。

「COM」のほうは、手塚治虫の経営する会社が発行していて新しい漫画、実験漫画の掲載を目指していた。中学二年生の私にはちょっとむずかしい内容が多かったけれど、背伸びして読みふけった。ちなみに、「サイボーグ009　神々との闘い編」のつづきが載っていて、狂喜したものの、少年雑誌に連載されていたものと異なり本当に実験的で、頭を抱えさせられもした。

また「COM」には、「ぐら・こん」というページがあり、新人賞を募集していた。バックナンバーを見ると、新人賞は毎月募集だったものがこのころには一年に一回、毎月募集している「ぐらこん・コミックスクール」の入選作から選ばれるようになっていた。我が漫画クラブの面々も競ってこのコミックスクールに作品を送っていた。

黒金先輩の名前がこのコーナーに載ったのは、その年の夏休み明けのことである。といっても、「もう一歩」というところに名前が載っただけだったのだが、それでも黒金先輩の喜びようといったらなかった。

「もう一歩ということは、あとほんの少し努力すれば作品を載せてもらうことも夢じゃないんだわ」

と、黒金先輩は私に名前の載ったページを指し示して、同じ言葉を何度もくりかえしたものだ。

この「もう一歩」には、私が転校してくる前の冬に、伊藤先輩の名前も載っていた。漫画を描くのに女も男もない。黒金先輩は伊藤先輩に追いつけたということで、嬉しくてたまらなかったようだ。

確かに、黒金先輩も伊藤先輩も絵がうまかった。あとほんの少し努力するだけで「COM」に作品をまるごと載せてもらえそうに見えた。もしかしたら、そこからプロの漫画家になることも可能に思えた。この数年前から少女漫画界ではどんどん十代の少女漫画家がデビューして変革を起こしつつあったから、黒金先輩がその一員にくわわるのは夢ではないとも思えた。

しかし、二人の名前は中学を卒業するまで、もう掲載されなかった。高校に行ってからも駄目だった。

そして「COM」は、一九七一年の十二月号をもって廃刊になってしまった。それがきっかけなのかどうか、伊藤先輩は大学の受験勉強のために漫画を捨てた、という話が漏れ伝わってきた。

黒金先輩は時おり中学の古巣に遊びにきて、相変わらず漫画に情熱を燃やしていたけれど、彼女が持参する新作をどう評論していいのか、私は途方に暮れつつあった。

漫画クラブのおかげで、私の漫画を見る目は高くなっていた。

黒金先輩は、絵はうまいけれどストーリーが平凡すぎる、プロになるのはむずかしいんじゃないですか。

それが本音だった。

当時の私は、生意気だった。なんなら、天狗《てんぐ》になっていたと言ってもいい。中学三年生になってから、私はマンガスクールに二度名前を載せていた。名前だけではない。作品の一部も載ったのだ。「COM」廃刊までの足かけ九カ月間で、二度もだ。それだけでもう、いっぱしの漫画家気取りになってしまっていたのだ。

とはいえ、さすがに黒金先輩相手に漫画家にはなれないと言うほど心臓が強くはなかった。

言わなくてよかったと思う。

「COM」が廃刊になって、黒金先輩は少女漫画の新人賞に応募するようになった。すると、佳作に入選し、出版社から連絡が入ったのだ。ある漫画家がアシスタントを募集している。あなたの絵は彼のアシスタントとして最適だ、というものだった。

ちょうど高校三年生の秋で、黒金先輩は信用金庫に就職が決まっていた。しかし、漫画家のアシスタントをしたあとにプロ・デビューした漫画家も少なくなかった。それを考えると、信用金庫どころではなかった。黒金先輩は上京し、漫画家のアシスタントとして住み込んだ。

黒金先輩が首尾よくプロ・デビューしたのは、その二年後だった。ただし、漫画が載ったのは一回きりだった。間もなくして、アシスタントをしていた漫画家と結婚するという手紙が届いた。

相手はけっこう売れっ子の漫画家だったから、たぶん黒金先輩は主婦業とアシスタント業に忙殺されて、自分の作品に手がまわらなくなったのだろう。あるいは、自分の才能に見切りをつけただけかもしれないけれど。

万が一、私が漫画家を目指すのをやめたらと助言して、黒金先輩がそれを受け入れていたら（先輩は目下の者の言葉も素直に聞く、気のいい人だった）、一度きりとはいえ作品が日の目を見ることはなかっただろうし、さらには結婚相手と巡り合うこともなかったはずだ。人生がまるきり変わっていたことになる。余計なことを言わなくて本当によかった。

もっとも、私はこのころ、あとで詳しく言うように、世間から心を鎖《とざ》していたから、黒金先輩の一連の消息は何年も経ってから知ったのだけれど。

黒金先輩について書きすぎた。でも他意があるわけではない。私は黒縁眼鏡をかけた小太りの黒金先輩が好きだったけれど、シーちゃんのように好きだったわけではない。

先輩として、また同じ道を志す人として、好きだったのだ。

言い忘れたけれど、札幌に転居して後、中学高校を通して、私は恋をしなかった。男性にも女性にも。だから、自分が実はどちらの性により魅《ひ》かれるのか、よく分かっていなかった。

私が夢中になっていたのは、漫画だった。「COM」がなくなり、なおかつ黒金先輩が少女漫画の賞に応募して出版社から連絡をもらったと知ってからは、実験漫画を捨て、少女漫画を描くことに精を出すようになっていた。

しかし、私の思いつくストーリーは、少女マンガ（もう「漫画」ではなく「マンガ」と書こう。そのほうが私にはぴったり来るから）むきではなかった。逆に絵のほうは、叙情的なものだった。このギャップに、私は手を焼いた。

才能のある人なら、ストーリーに合った絵を描けるようになったのかもしれない。または、絵に合ったストーリーをひねりだせるとか。しかし、私にはできなかった。中学の時に天狗になりかかった鼻はいつの間にかへし折られ、私はじたばたと苦しみながら高校生活を送った。

高校三年生ともなると、人は人生の岐路に立たされる。就職か進学か。

当時、女子の大学進学率は高くなかったけれど、我が家ではその気になりさえすれば大学進学が許される経済状態にあった。ただし、家からかよう範囲内での大学。兄はT

大を目指してかなわず、一浪したあと、H大に入学していた。

マンガ家になることしか考えていなかった私は、美大なら入ってもいいと思った。しかし、札幌の周辺にめぼしい美大はなかった。となると、就職だ。東京には母親の親戚も住んでいるし、上京しようか？　黒金先輩のように、マンガ家のアシスタントになれるかもしれない。そういうのは就職とは言わない、と兄にお説教されたけれど。

迷ううちに、日がすぎた。季節は冬を迎え、雪が降りはじめた。そして、十一月のあの日が来た。

あの日は、なにかそのような兆候があったかと考えても、なにも思いつかない。いつもと同じように目覚めて、いつもと同じように学校へ行った。授業にも特別変わったことはなく、放課後もほかの日と目立ったちがいはなかった。だらだらとおしゃべりをしながら札幌駅までの道を歩いたのはAちゃん、Tさん、ほかにKちゃんがいたか、Nさんだったか。

私たちの家は国鉄の駅とは無縁の場所にあったのだけれど、本屋さんへ行くとかおしゃべりをするためとか、いろんな理由があって、週に一度か二度はそんなふうに駅まで道草を食った。

私たちのかようK高校から札幌駅まで狭い道がくねくねとつづいていた、というのは、冬場の記憶でしかなかったかもしれない。冬になると雪が両側に山積みされて、二車線あっても一車線しかなくなってしまう。歩道か車道か不明になったところを歩かなければならないこともままある。ただ、あの日はまだ十一月だったから、両側に雪が山を成すほど積まれていたはずはなかった。

とはいえ、私たち三人は横並びに歩いていたから、傍若無人に道幅いっぱいに広がる形になっていた。夜道と呼びたいほど暗くなった中を、私たちはぺちゃぺちゃとしゃべりながら歩いていたのだ。話題は、いつものように芸能ニュースから級友の噂話、ボーイフレンドのことなど、盛り沢山だったにちがいない。

急ブレーキを踏む音が聞こえたのは、車のエンジン音が耳に入った直後だった。

あっとふりかえると、眼前に車が迫っていた。

とまるだろう。一瞬、楽観が私の胸をよぎった。しかし、車はとまらなかった。雪道での急ブレーキのせいで、スリップしていたのだ。

三人の中で、私は道路の右側を歩いていた。その右側にむかって、車は勢いよく突っ込んできた。

逃げようとしたが、電信柱に阻まれた。

いや、逃げようとしなければ、電信柱と車にはさまれることもなかったのか。

どういう成りゆきかはともかく、私は電信柱に右胸を強打したあと車のボンネットにはねあがってフロントガラスにいやというほど頭部を打ちつけた——か、あるいはその逆だったかもしれない。この辺、目撃者の証言が混乱していて、定かではない——。真ん中を歩いていたAちゃんも、右半身を車体にひっかけられて転倒、怪我《けが》を負った。左側にいたKちゃんだったかNさんだったかは、無傷だった。

私がそれを知ったのは、何日も経ってからのことだった。


頭の重さで目が覚めた。

はじめ、ぼんやりした景色しか見えなかった。

まわりじゅうが白っぽかった。雪道に倒れているのだろうかと考えたのは、記憶が事故の起こった瞬間とつながっていたためだ。

しかし、私は戸外にいたわけではなかった。目が慣れるにつれ、まわりじゅうが白い、といっても雪の上に倒れているからではなく、白い天井、白い壁、白いカーテンに囲まれているためだと分かった。

どこにいるのかさっぱり分からなかった。少なくとも自分の家ではなかった。家にはこんな白だらけの部屋はない。

起きようとしたが、体が重くて動かなかった。

どこかでドアのあく音がし、つづいてサンダルのぺたぺたという足音が近づいてきた。兄の顔が覗《のぞ》いた。

「あー、目をあけてる」

と、兄は素っ頓狂な声をあげた。それから、私の目の前から消えた。

夢を見ているのだろうか。そう思った。まぶたが重くてたまらなくなり、私は目をつぶった。

次に目覚めた時、私の頭はずいぶんすっきりしていた。

傍らに母親がいた。彼女の両眼からは涙が溢《あふ》れでていた。

「私、どうしたのかしら」

私は聞いた。自分の耳にも聞こえないほどの小さな声しか出なかった。しかし、母親は正確に聞きとり、

「また九死に一生を得たのよ」

そう答えた。それから、母親は説明した。

「あんたは車に衝突されて脳挫傷を起こし、三日もの間、生死の境をさまよっていたのよ」

私は、車が自分にむかってスリップしてくる情景を思い出した。あれから三日も経つのか。

実際には、この時、事故から三日ではなく、五日が経っていた。生死の境をさまよっていたのが三日間、はっきりとこちら側に帰ってくるのに二日間を要していたのだ。

「でも、もう大丈夫。若いからぐんぐんよくなるわよ」

事態をすっかり飲み込めたわけではない私に、母親はそう言ってほほえみかけた。

家族は医者から、脳の一部が損傷されて知的もしくは身体的障害が残るかもしれないと宣告されていたのだった。

知的な障害は、どうやら残らなかった。もっとも、記憶力が極端に悪いのはこの時の怪我がもとになっているのかもしれない。それに、数字に弱い。これも事故のせいで、以前はもっと計算高かったのだ、とたまに言ってみたりもする。まあ、冗談だ。事故を冗談として言えるようになった、いまは。

当時は、冗談ごとではなかった。回復してくるにつれ、私は自分の身体状況を把握できるようになった。

私は、脳挫傷のほかに、右の肋骨《ろっこつ》を三本と右足首の骨折をしていた。あとは無数の打ち身。しかし、首を動かせるし、寝返りも打てるようになったし、石膏《せっこう》で固めている部分を除けば右足も動く。左足も動く。左右の肘も手首も動く。

「大丈夫。脳挫傷の影響は受けていません」

担当医は、そう太鼓判を押した。

それほど深刻な事態に陥っていたと知らされていなかった私は格別な感情を抱かなかったけれど、両親は涙を流して喜んだ。

私が異常に気づいたのは、ＩＣＵを出て四人部屋に移ってからのことだった。

枕もとのティッシュを自分でとろうとして、うまくつかめなかった。

どうしたのかとつくづく右手を調べると、中指、薬指、小指の第一と第二の関節がうまく曲がらなかった。無理に折り曲げようとすると、外側に折り曲げようとしたかのような激痛が走った。

なぜ、どうして？

ほかにも細かな部分で故障が起きているのだろうか？　それとも、その三本の指を操る脳神経だけが死んでしまったのだろうか？

あらためて詳しく検査された。三本の指以外は支障はないようだった。脳にも、これといった問題は見つからなかった。といっても、自由自在に体を輪切りにして観察できる医療機器、つまりＭＲＩやＰＥＴはもちろんのことＣＴすらもなかった時代、いまから考えると、そう精密に調べられたわけではなかっただろう。

「なにかの加減で、指の筋肉が凝り固まってしまったのかもしれないね」

診断にあぐねた医者は、そう言った。

マッサージが指示された。三本の指だけだったから、発見したその日からベッド上で開始された。

マッサージといえば聞こえは穏やかだが、現実にはリハビリだった。そして、悲鳴をあげたくなるほどの痛みをともなっていた。痛みは、絶望しきった私の心を前向きではなく、いっそう後ろ向きにさせた。

そう、三本の指が動かないと知った瞬間に、私は絶望のどん底に突き落とされたのだ。あの大怪我でその程度の後遺症ですんだのならよかったじゃないか、人はそう言うかもしれない。しかし、私にとっては、右手の指が動かないということは生命を絶たれたも同然だった。

左手を訓練すれば、箸は使えるようになるかもしれない。文字も書けるようになるかもしれない。しかし、マンガは描けるだろうか。

鉛筆で下書きし、その上から黒インクをつけたペンで丁寧になぞっていく。時には太く、時には細い線で。とても繊細な作業だ。

何年か何十年か努力すれば、やがては描けるようになるかもしれない。でも、何年も何十年も待てはしない。私はいますぐにでもマンガ家になりたかったのだ。どうしてそれを諦めることができる?

はじめて自分でスプーンを持ってお粥《かゆ》を食べようとした時に起きたことが、忘れられない。親指と人差し指だけを使ってスプーンを持ち、お粥をすくおうとしたら、中指から小指までの指の付け根が突如、前後に震えはじめたのだ。そして、お粥をあちらこちらに撥《は》ね飛ばしてしまった。指根の関節は自分の意思とは無関係に動くのだ！

これじゃ、右手で定規を押さえて左手で線を引っ張ることさえできないではないか。つまり、私はマンガのコマ割りさえ簡単にはできなくなってしまったのだ。

事故により九・九死に〇・一助かったものの、右手の三本の指を失った私は、これなら命をとられたほうがましだったと思いました。

それでも死ななかったってことはさ、あんたがこの世に必要とされているからだろうよ。大事に生きなさいよ。

ある人から言われた言葉ですが、そんなものは救いにもなににもなりませんでした。

最初のうち、友人がかわるがわる見舞いに来てくれたらしい。ただ、そのころは親族以外、面会謝絶だった。

面会謝絶が解けるころ、私の心は完全に暗闇に閉ざされていた。将来にむかって日々をすごしている人とは誰であれ、会いたくなかった。たとえ受験勉強で暗い気分に陥っている人だって、私から見れば眩《まぶ》しすぎるほど輝いていた。だから、誰が来ても、面会を拒否した。そのうちに、誰も来なくなった。

車椅子に乗って一人で病院内を歩きまわれるようになったのは、十二月の半ば近くになってからだった。

そうなると、日中はずっと付き添っていた母親も、二、三時間だけいて帰るようになった。

その日、母親が帰り、医者や看護婦（いまの看護師）も来ない時間帯を見すまして、私は病室を出た。

目的地は屋上だった。

屋上に出られるかどうかなんて、心配はしなかった。心配したのは、誰かに見咎《みとが》められて阻止されることだけ。

車椅子のきいきい鳴る音に首をすくめた。しかし、不思議と廊下に人の姿はなく、エレベーターにも誰も乗っていなかった。病院って、時間帯によっては無人の建物のようになるのだろうかと、それまで病院とは縁のない生活を送ってきた私は漠然と考えた。そして、そのまま難なく最上階にたどりついた。屋上への扉には鍵穴があったが、施錠されていなかった。

扉をあけると、乱舞するような雪が降りかかってきた。

暖房のきいた部屋ですごしていたので、忘れていた。いまは冬なのだ。屋上の上は真っ白で、なおも雪が積もりつづけていた。

しばらく無為に空を見上げていた。すでに日は落ちていたが、厚い雲に包まれた空は街の明かりを反射して妙に明るかった。見ていると、雲の彼方《かなた》に吸い込まれていきそうな気がした。

あの雲のむこうになにがあるのだろう。天国はない。それだけは確実だ。宇宙。果てしもない混沌《こんとん》。

無。

そう、無だ。結局すべては無だ。

少しばかり哲学的な思考をしたのは、五分ほどの間だけだった。寒い。すぐに、私の脳はその一言で埋め尽くされた。

寒さで動けなくなる前に、目的を達成しなければならない。

私の目標は、フェンスのむこう側だった。しかし、そこまでたどりつくためには、敷居をまたがなければならなかった。三センチの高さの敷居を、手動の車椅子は越すことができなかった。

フェンスのむこうではなく、ここでもいいか。私は思い直した。一時間かそこらここにいれば、きっと凍死できる。飛び降りるよりも凍え死ぬほうが楽かもしれない。酔っ払って道端に寝転んで凍死してしまった人の噂話を聞いたのは、札幌に転居したころのことだったか。

笑ってしまう。フェンスを越えれば一秒もかからずに捨てられる命。しかし、凍りついて死のうとすれば、何十分何時間雪と冷気を浴びていなければならないか、推し量れない。素面《しらふ》のまま推し量れない時間を最後まで耐えられるとしたら、自殺願望は本物だ。五分か十分経っただろうか。私は歯の根もあわないくらい震えていた。意識を失えればいいのに、それもない。だからといって、なにを考えられるわけでもない。寒い、寒い、寒い、と、ただ悲鳴のように思いつづけた。そういう体勢をとっているという自覚もなく、舞い込んでくる雪を避けて深くうつむき、両腕で体を抱えた。

すぐ左手には、エレベーターが控えている。エレベーターは私が最上階についてから、ここに止まったままだ。ボタンを押して扉をあければ、すぐさま暖かい空気の中に帰ることができる。

私の自殺願望は本物か？

私は両腕を解いた。左腕を横に伸ばした。エレベーターのボタンを押した。

その瞬間に、エレベーターが動き出した。扉が開くのではなく、下へむかって。

私は驚き、同時に啓示を受けた気になった。死ね、そう世界から言われたのだ。

前に向き直った。何十分か何時間か、耐え抜いてみせる。

その時、ぶーんというかすかな音がした。左手に明かりが走り、エレベーターの扉が開く音がした。

「まあ、平野さん」

という声がした。首を動かすのに多大のエネルギーがいったから、私はふりむかなかった。ふりむかなくても、それが外科病棟の看護婦の高坂《こうさか》さんだと分かっていた。

「こんなところでなにをしているの」

「外の空気に触れたくて」

私は答えた。しかし、そうは聞こえなかったかもしれない。私の唇も舌も凍えきっていたから、うまく発声できなかった。

「何分こうしていたの。駄目じゃない。肺炎でも起こしたらどうするの」

高坂さんは言いながら、てきぱきと屋上の戸をしめ、私の車椅子の握り手をつかみ、半回転させてエレベーターの中に引き入れた。エレベーターは一直線で私を下界にひき戻した。

高坂さんは四人部屋まで私の車椅子を押し、しかしすぐには私をベッドに戻さず、窓際のスチームのそばに置いた。私の病床からタオルを持ってきて私の体を拭く。乾いた雪だから、体はそれほど濡れていなかった。けれど、高坂さんは一生懸命に拭きつづけた。マッサージをしてくれていたのだ。

全身に少しずつ感覚が戻ってきた。舌がまわるようになった。

四人部屋は全部ベッドが埋まっていた。いま、そのうちのふたつのベッドの患者はどこかへ行っていて姿が見えなかったが、もうひとつのベッドでは患者が寝ていた。だから私は、声をひそめて聞いた。

「高坂さん、どうして屋上へ来たんですか」

「五分前に見たら、屋上にエレベーターがとまっていた。それからずっと下におりてこなかった。この季節のこの時間、屋上に用のある人なんていないはず。心配になって、行ってみたのよ」

高坂さんは淡々と答えた。私が屋上に行った目的を見抜いているらしい横顔だった。死ね、そう世界から言われたと思ったのに、生きろ、そう言うために下降していったエレベーターだったのか。

「さて、もうじき夕食だわ」

高坂さんは、タオルでぽんぽんと私の頭を叩いてから言った。

「ベッドに戻る？　それとも、車椅子に座ったまま食事をとる？」

屋上にいた理由を聞かないのが、嬉しかった。私は、高坂さんの手を借りてベッドに移りたいと思った。だから、ベッドへ、と答えた。

高坂さんは、二十四、五歳だった。眉が濃くて目がくりくりと丸く、凜々《りり》しい顔立ちをしていた。顔立ちに合って、動作も機敏だった。夜中などでも、枕もとのブザーを押すと真っ先に飛んできてくれるのが高坂さんだった。

私は、高坂さんに恋をしたわけではない。高坂さんは、私の好みのタイプではなかった。ただ、気弱になった心が、高坂さんに甘えたがった。それも、親しく話をしたいとかそんなことではなく、私の体温計の水銀柱が三十七度を超えているのを見てかすかに顔をしかめるとか、夜の見回りで私の肩が蒲団《ふとん》からはみ出ているのを直してくれるとか、そういったちょっとした気遣いをしてもらいたかっただけだ。

高坂さんの素早い処置にもかかわらず、私はその夜更けから熱を出した。熱は肺炎にかかる危険性をはらみながら一週間ほどつづいて、ようやくおさまった。

そうやって人心地ついて、はたと気がつくと、高坂さんは姿を見せなくなっていた。最後に見かけたのは、私を屋上から下界に連れ戻した翌朝、検温に来て水枕を替えてくれ、「苦しい？」と小声で問いかけた時だった。

私はその時、甘えた気分で唇を尖《とが》らせた。見れば分かるでしょう？

高坂さんはふっと溜《た》め息《いき》を吐き、私のほっぺたに短時間手をあて、

「頑張ってね」

そう言って、私のそばを去っていった。

深夜勤だったから今日はもう帰ってしまうのだろうな、と、寂しかったのを覚えている。

だが、その日どころか、その翌日もまたその翌日も、その翌日も、高坂さんがベッドサイドに来ることはなかった。

お正月が間近なので休暇に入ったのだろうか？　しかし、看護婦が五日も六日もつづ

くような長い休みをとれるようには思えなかった。

それで、平熱に戻ったその日、体温計を回収にきた看護婦さん（名前は思い出せないけれど、眼鏡をかけた中年女性だった）に聞いてみた。

「高坂さん、このごろ姿が見えないけれど、どうしたんですか」

眼鏡の奥で、看護婦さんの目がちかっと意地悪く光った。

「高坂さんは先週、退職したわ」

寿退職、と、憎々しげな調子でつけくわえた。

「年末に結婚するのって、珍しいですね」

不意を突かれた私は、間抜けなことを言った。

「結婚式は来年の春でしょう。でも、その前にいろいろすることがあるらしいから」

私は未経験だからよく知らないけれど、と言いたそうな顔で、看護婦さんは言った。

それで、高坂さんとのつながりは切れた。

重要な現場に立ち会った人と、そんなふうにあっさりと二度と会えなくなるなんて、人生って、一筋縄ではいかないものだ。

混乱から立ち直った私が真っ先に感じたのは、怒りだった。黙って退職してしまった高坂さんに、腹が立ってたまらなかった。

本当のところ、私と高坂さんのそれまでの関係は、私は今日でこの病院を辞めるのと打ち明けてもらえるほど親しいものではなかったのだ。けれど、やはりああいうことのあったあとでなにも言わずに去られてしまうと、もしかしたら高坂さんは、屋上に出たのは外の空気に触れたかっただけ、という私の言葉を鵜呑《うの》みにしてしまったのではないかと疑いたくなった。鵜呑みにするほど鈍感な人だったのかと呆れ、そんな人にたよりたくなった自分が許せなかった。

以前にもまして、私は落ち込んだ。寝ても覚めても、死について考えていた。それでもふたたび酷寒の屋上へ出ていく気にはなれず、一方、体は勝手に回復をつづけ、翌年の一月上旬には退院の運びとなった。本来なら、新年になる前に退院できる予定だったのだが、屋上で風邪をひいたために半月近く延びたのだった。

さて、退院の前にあった出来事について、話すのを避けるわけにいかない。その時はむかつく出来事でしかなかったけれど、いまになって思えば、しんしんと心に沁《し》みてくる。

退院間近になってから、家族の付き添いはなくなっていた。私は用があると家に電話して伝え、それが、たとえば持ってきてほしいものだったりした場合は、夕方などちょっとした時間に家族の誰かが届けてくれるといった具合になっていた。

その病院では当時、電話機は一階の受付のそばにあってプライバシーもなにもなかったから、用件だけ早口でしゃべって切っていた。その日の用件がなんだったのか、私は覚えていない。けれど、とにかく、家に電話した。

受話器を置いて後ろをふりかえると、おばあさんが立っていた。

いや、もしかしたら、彼女はまだ五十代か六十代だったのかもしれない。いまの五十代六十代なら、女子高生からおばあさんと呼ばれたら気を悪くするだろう。しかし、当時の私にはおばあさんに見えた。

恰幅《かっぷく》がよく、白髪のまじった髪をアップに結い、くすんだ色のオーバーコートを着ていた。コートの品物は悪くなさそうだったが、口もとには下卑《げび》たような笑みがあった。

「お姉ちゃん」

と、おばあさんは、電話機の前から立ち去ろうとする私を呼びとめた。

私は無視しようかと思ったが、一応立ち止まった。

「小銭を貸してくれないだろうかね」

おばあさんは言った。尊大さとおもねりが綯《な》い交《ま》ぜになった調子だった。私は面食らった。

「小銭?」

「電話をかけたいんだけれど、小銭がなくってさ」

「十円で足りますか」

「百円くらいないかい。遠距離電話なんだ」

　私は、右手の親指と人差し指でつかんでいた小銭入れを調べた。十円玉は四、五枚あったが、百円玉はなかった。ほかにあるのは五百円札一枚で、これは公衆電話に使えない。

「四、五十円ならあります」

「それでいいよ」

　私は、左手で十円玉をつかみだそうとした。おばあさんの目が突き刺すみたいに観察しているようで、左手の動きまでぎこちなくなっていた。なかなか十円玉だけを選《よ》り分けることができなかった。そのうちに、右手の麻痺《まひ》した三本が不穏な動きをはじめた。指根の関節が前後に震え出すと、小銭入れをはたいた。

「あ」

　おばあさんが小さく叫んだ。小銭入れが私の手から飛んで、宙を舞い、そして小銭をばらまきながらおばあさんの足もとへ落ちていった。

「あれまあ」と言いながら、おばあさんは腰をかがめて、小銭入れとちらばった小銭を拾い集めた。私はといえば、羞恥心《しゅうちしん》のあまりその場に固まっていた。

「ほい」

　と、おばあさんは、小銭入れを私にむかって突きだした。私は腕をさしだすこともできず、おばあさんの手の中の小銭入れを見つめていた。

「どうしたのさ」

つぶやいてから、おばあさんは私をそばの長椅子にひっぱっていった。私はでく人形みたいに、おばあさんに促されるままおばあさんと並んで座った。

おばあさんは、ハンドバッグから花柄のハンカチを出して私の頰をふいた。どうやら、私は泣いていたらしい。

「手が不自由なんだね。生まれつきかい」

おばあさんはずけずけと聞いた。

私は大きく首をふった。その場かぎりの真っ赤な他人にだって、この手が生まれつきだなんて思われたくなかった。私の中に差別意識があったのだろう。

「事故です。車にはねられて、頭に大怪我を負ったんです。一命はとりとめたけれど、気がつくと右手の三本の指だけ自分の意思では動かなくなっていました」

「そうかい。死にかけたのかい。何日も何日も生死の境をさまよったのかい」

「はい。何日も、何日も、です」

おばあさんは、まじまじと私の顔を眺めた。おばあさんはおおぶりの目鼻立ちをしていて、いかにも無神経そうだった。だから、おばあさんが口を開いた時、私は、あ、言うんだろうな、と思った。命にくらべたら、指の三本や四本動かなくたって、どうってことないじゃないの。

しかし、おばあさんは予想外のことを口にした。

「それでも死ななかったってことはさ、あんたがこの世に必要とされているからだろうよ」

ぽんぽんと私の背中を叩き、立ち上がった。

「大事に生きなさいよ」

そうして、行ってしまった。

私は、茫然《ぼうぜん》とおばあさんの後ろ姿を見送った。おばあさんは待合室を通りぬけて外へ出ていった。

電話をしなくてよかったのだろうか、と気づいたのは、少し経ってからのことである。五百数十円の入った小銭入れを返してもらっていなかったことに気づいたのは、さらにあとのことである。

なんだったの、あのおばあさん。

病院の待合室で寸借詐欺が流行《はや》っていると教えてくれたのは、夕食を運んできてくれたまかないのおばさんだった。

寸借なんてものじゃない。当時の五百円といえば、マンガの単行本一冊買って返ってきたお釣りであん蜜が食べられたのだ。立派に一日暮らせる額だ。

感じのいい人ではなかったけれど、詐欺師だったのか。

それでも死ななかったってことはさ、あんたがこの世に必要とされているからだろうよ。大事に生きなさいよ。

おばあさんの言葉が耳に蘇《よみがえ》った。詐欺師からそんなことを言われてもなあ、と思った。

正直なところ、この言葉を聞いた時には胸にずしりと鉛の杭《くい》を打ち込まれたような気がしたものだ。

この世に必要とされているから死ななかったなんて、なにか役に立つことをしろというの？　そんなの、重すぎる。私は自分を支えていくだけで精一杯なんだから。

咄嗟《とっさ》にそう反発した。

しかし、おばあさんが詐欺師なら、犯罪者なら、あれはちっとも重要な発言じゃない。ただのごまかし、口から出まかせ、せいぜいがお世辞、そんなところだろう。

単行本一冊分のお金をとられたのは、癪《しゃく》だったけれど、心は少し軽くなった。

そもそも私は、指が不自由になってからマンガ本を買わなくなっていた。人の描いたマンガを読むのが苦痛だった。萩尾望都《はぎおもと》も大島弓子《おおしまゆみこ》も竹宮恵子《たけみやけいこ》も読まずにいられないマンガ家ではなく、名前を見るのも苦痛なマンガ家に変わった。「サイボーグ００９」でさえ、最早《もはや》慰めにはならなかった。

買わなければならないものはなにもなかった。ペンも筆も黒インクもケント紙もホワイトもスクリーントーンもトレーシングペーパーも、もう必要ないのだ。だから、五百円がなくなっても、痛手ではなかった。

けれど――

それでも死ななかったってことはさ、あんたがこの世に必要とされているからだろうよ。大事に生きなさいよ。

言葉は折にふれ胸に蘇り、私は足をとられそうになった。

こんなことのために、私は死ななかったのか。こんなことをしていていいのか。そういう自問自答をしてしまいそうになり、それを振り切るために、かえってすべきでないことをしてしまったりもした。

だが、これは、この十年後に私が起こしたことへの言い訳だ。つまり、傷つけた人たちにたいする言い訳だ。その前に、語らなければならないことがまだある。

退院後は、ひきこもり状態がつづきました。もっとも、当時はひきこもりなんていう言葉はなく、親きょうだいは私の扱いに苦慮していました。

家に帰ったものの、することはなにもなかった。

すでに冬休みは終わっていた。進学組は受験勉強のために学校に出てくるなんていうことはしていないかもしれないけれど、就職組には授業を受ける義務がある。

私も本来なら、学校に行かなければならない身だった。二学期の期末テストを受けていない。出席日数も足りないかもしれない。このままでは、卒業できないだろう。三年生を二回やるなんていう気は毛頭なかったから、私は高校中退になってしまう。

高校中退でなにが悪い。学歴というのは、先の人生のある人にとっては貴重かもしれないけれど、この世にお別れしようと考えている人間には無用のものだ。

両親、とくに母親は、私になんとかもとの生活に戻ってほしいと願っているようだった。世間で冬休みが終わると、母親は毎朝六時に必ず私の部屋のドアを細く開いて遠慮がちに声をかけてきた。

「そろそろ起きないと、学校に遅れるわよ」

これにたいして、私には必殺の一言があった。

「頭が痛いの」

「今日もまた、なのね」

母親は小さく溜め息をこぼし、ドアを閉めるのだった。

頭が痛いのは嘘《うそ》の時も本当の時もあったけれど、本当の時のほうが多かった。

頭痛は入院中からはじまっていた。頭痛の最中に脳波やレントゲン写真がとられて、異常がないことを確かめられていた。

「徐々に治るよ」

担当医は、なんの根拠もないことを気軽に請け合った。心因性のものだと考えていたのかもしれない。

結論から言えば、頭痛はいまでもたまに起こる。ただ、事故の二、三年後には年に数回程度におさまったから、邪魔ではなくなっていた。

もうひとつ、右手の三本の指の異常についてもこの場で言っておこう。

指のほうも、いまは完璧に治っている。ある日劇的に動くようになったというわけではないから、いつよくなったのだとははっきり言えない。とにかく、優紀《ゆうき》のおむつを替えるのになんの支障もなかったのだから、事故から十年後にはすっかりもとに戻っていたのだろう。五、六年後には不自由を感じなくなっていたと思う。

私の苦悩は、たった五、六年だったことになる。

六十年近く生きてみれば、五、六年間などたいした長さではないと言える。だが、おとなの階段を踏み出そうという時期の五、六年間は、あまりにも長すぎた。

頭痛に話を戻そう。

頭痛は、無視しようと思えば無視できる程度のものと、耐えられないほどのものとがあった。

軽度の頭痛の時は、おとなしく寝ているだけですんだ。しかし重度の時には、なにも食べられないにもかかわらず嘔吐《おうと》を催して、からっぽの胃から黄色い胃液を吐いた。母親はそういう私の苦痛を見ているから、「頭が痛い」と言われると、ひっこまざるを得なかったのだ。

私はその年の一月一杯、ほとんど自室に閉じこもってすごした。

退院して最初にやったことは、机からマンガの道具一式を押入の天袋にしまうことだった。本箱からマンガをすべてなくすことだった。マンガ本は単行本も雑誌もすべて処分するつもりだった。しかし、本箱を眺めているうちに、捨てることができなくなった。だから、父親にたのんで引っ越しの時みたいに箱詰めにし、なにもかも物置きに運んだ。

マンガのない部屋はからっぽの空間だった。そのからっぽの空間で、私はどうすれば楽に死ねるかと考えながら生きていた。

頭痛のない時は、たいがい窓辺にいた。

本箱には、漫画クラブの面々に触発されて好きになったSFやら推理小説などが残っていて、時には再読しようかと開くのだけれど、一ページと読み進むことができなかった。教科書にいたっては触れる気にもなれなかった。私はただ無意味に外を眺めていた。

兄がH大に入った直後、なぜか札幌に骨を埋めようと決意した父親が市内に家を買い求めた。だから、我が家は、二年ばかり前から一戸建てに暮らしていた。二階の私の部屋の窓から見えるものは、雪だった。降る雪、積もる雪、積んだ雪。雪ばかり。

いつも「凍死」の二文字が脳裏に揺らめいていた。病院では失敗したけれど、やはり凍死が最も簡単な方法のような気がしていた。

たとえば、飛び降り自殺するなら、絶対に失敗しないような高い建物に登らなければならない。しかも、下に人のいないことを見すましてから飛び降りなければならない。もし、通行人を巻き添えにすることがあったなら、人をひとり殺すために生き延びたことになる。それは避けたい。しかし、深夜こっそり家を抜け出してどこか高層の建物まで行くのは、むずかしい。

電車に飛び込むのも、完全無欠な方法ではない。もしもっと大きな障害を負うだけで助かってしまったら、自殺すらできなくなるかもしれない。

ナイフで心臓を刺す。痛いんじゃないだろうか。血が噴き出すシーンを想像すると、二の足を踏んでしまう。

服毒自殺。これは楽そうだけれど、毒を手に入れる方法がない。睡眠薬は眠れないといえば病院からもらえるかもしれないけれど、何十錠も飲まなければ死ねないらしい。もともと薬嫌いの私が一度に何十錠もの薬を飲み込めるのか、怪しい。

で、結局、凍死なのだ。

雪の上で眠ったように死んでいるのは、ロマンティックにも思えた（そんなことを考慮に入れるあたり、本気度が足りなかった証明だけれど）。

ただ、死が訪れるまで寒さに耐えきれるのか、病院での経験から心もとなかった。多分、お酒を飲んで正体不明になっていれば、難なくやり通せるだろう。そうやって凍死した人がいるのだから。

父親の晩酌のお酒を飲んでから、外へ行けばいいのだ。何時間か家の中で一人ぼっちになれる、そういう日に。それが、いろいろと考えた末の計画だった。

私は、チャンスを待ちつづけた。


その日は、二月の四日に訪れた。朝食を食べていた母親の差し歯がぽろりと抜けた。電話で歯科医に問いあわせた母親は、今日の午後二時ならあいていますと言われ、気遣わしげに私を窺《うかが》った。

「二時だと、お兄ちゃんもまだ学校から帰っていないし、何時間か一人になるけれど、大丈夫？」

私はうなずいた。表情を変えなかったが、心の中ではひそかに「今日だ」と叫んでいた。

母親のかかりつけの歯科医院はもとの住まいに近いところにあり、だからバスに三十分くらい乗って行かなければならない。夏ならもっと短時間で行けるのだが、いまは冬、道路の両脇に作られた雪の壁と徐行運転のせいで、一・五倍はかかるのだ。治療には一時間といったところだろうか。そのほか歩きやバスの待ち時間も含めれば、私は二時間たっぷり一人きりの時間をもてるはずだ。

頭痛はあったが、重いものではなく、お酒を飲んで吐き出すということもないだろう。母親は、一時二十分に家を出ていった。私は見送らなかった。食事以外は部屋に閉じこもっているのに、今日だけ玄関まで出ていくのはおかしい。

「じゃあ、行ってくるから」

と、階段のところで声をあげてから、母親は家を出ていった。鍵をかける音がするのを待ちかねて、私は階下へおりていった。

父親の晩酌用の日本酒は台所の流し台の下に置かれている。台所の手伝いをしていなくても、それくらいは知っていた。

一升瓶を持ち上げると、意外に軽かった。全部コップにあけたが、五センチほどの高さ分しかなかった。

これだけで酔えるだろうか？ 父親は、お銚子《ちょうし》二、三本飲んでも眠そうになったりはしない。アルコールに強い人と弱い人がいるらしいけれど、私はお酒を飲んだことがなく、加減が分からなかった。

サイドボードに飾ってあったミニチュアのウイスキーを持ってきて、日本酒に足した。一センチくらいしか増えなかったけれど、ウイスキーというものが強いお酒であることは知っていたので、それでよしとした。

コップを口に近づけると、香水のように甘い匂いが漂った。

一気に流しこもうとして、噎（む）せた。鼻に甘いのに、喉に苦い。

ひとしきり咳こんでから、今度は慎重に少しずつ飲んでいった。全部飲み終わるころには、体の奥がぽっぽっと火を点《つ》けられたように熱くなっていた。

酔っ払ったかな？

そんな感じはしなかった。でも、体の中心が熱くなっているから、寒さに耐えられそうだった。私は、コートも着ずに外へ出ていった。

いや、出ていこうとした。

ドアをあけると、男性が一人立っていた。玄関のブザーを押そうとして、私が出ていったものだから、時間がとまったように動きをとめた。

三十歳前後だろうか。髪はオールバックにして固め、短めの黒いオーバーから紺色のズボンが覗いている。手にはデパートの五番館の紙袋。

顔立ちは、やや女性的だった。第一印象が誰かに似ていた。誰か――

シーちゃんだ。

シーちゃんが男に生まれかわって現れた？

私は頭をひとふりした。シーちゃんより年上がどうしてシーちゃんの生まれ変わりのわけがある。そもそも、シーちゃんが死んだはずはない。行方知れずだったとしても。

どうせ保険の勧誘かなにかだろう。さっさと追い払わなければ。

「母はいま、いないので」

そう言うと、男性の目もとに緊張が走った。

「それでは、あなたが平野史子さんなのですね」

と言った。

なんでこの人は私の名前を知っているのだろう。

やはり、シーちゃんの生まれ変わり？

まじまじと男性の顔を眺めた。男性の顔はなぜかくるりくるりとまわっていた。なにか言っている。しかし、私の耳は言葉をとらえられなかった。私は日差しを浴びた雪だるまのようにふにゃりと溶け、そこで意識が跡絶《とだ》えた。

気がついた時、私は白に囲まれていた。白い天井、白い壁、白いカーテン。

交通事故から意識をとり戻した時と同じ状態だった。もしかしたら、交通事故からこっちに起こった出来事は全部夢で、本当の事故後はこれからはじまるのではないか。淡い期待をもった。

右手を目の前にかざした。

中指、薬指、小指。やはり折り曲げられない。

これは、交通事故後のはじめての覚醒ではなく、見知らぬ男性と玄関前で鉢合わせした時間からつづいているのだ。溜め息が出た。

しかし、どうして私はこんなところにいるのだろう。どう見てもここは病院だ。

点滴スタンドがベッド脇にあった。点滴されているのだ。

上半身を起こそうとすると、頭がふらついた。

そうだ。お酒を飲んだのだ。これって、酔っ払った時の症状?

唐突に、病室の外が騒がしくなった。喧嘩《けんか》でもはじまったかのようだ。よく聞くと、母親の声が交じっている。

勢いよくドアがあいた。母親が入ってきた。私の顔を見て、飛んできた。

「史子、なにをされたの?」

「点滴された」

「そうじゃなくて、桜木《さくらぎ》によ」

「桜木?」

母親の視線が戸口に流れた。そこには、あの少しシーちゃんに似た顔が覗いていた。不安そうにこちらを窺っている。

黒いオーバーは手に持って、紺色のスーツ姿だ。典型的なサラリーマンに見えた。

「桜木さんていうの、あの人。何者？」

母親は一瞬唇を噛んでから、言った。

「あんたをはねた人」

ずどんと、胃に鉛の玉を撃ちこまれた気がした。

私をはねた人についてここまでなにも書かなかったことを、あなたは不思議に思っていたのではないでしょうか。

そうなのです。事故から三カ月近くも経ってから、はじめて私は加害者の名前と顔を知ったのです。

桜木義人《よしひと》、その人が加害者でした。

大事な指の能力を失った私が、事故の加害者を恨まなかったといえば、嘘になる。

ただ、私は二月四日になるまで、加害者の名前も顔も知らなかった。両親は私になにも告げなかったし、私もなにも聞かなかった。

加害者を罵ったら指がもとに戻るというなら、加害者に会いたいと思っただろう。でも、そんなはずはないし、将来に絶望しきった私には顔のない加害者にたいしてまで強い感情を伸ばす余裕がなかった。

じゃあ、加害者のほうはどうなのか、どうして二月四日になるまで私の前に姿を現さなかったのかといえば、母親に阻止されていたからだった。

桜木は、事故の日から何度も私を訪ねてきていたらしい。病院ばかりではなく、退院後は我が家にも日曜日ごとにやってきていたという。しかし、ことごとく母親に追い返されたのだ。加害者に会ったら、私の精神状態がどうなるか分からない――というよりも、母親自身、加害者と顔を合わせるのが苦痛だったのではないかと思う。

二月四日は日曜日ではなかった。だから、母親は桜木が来るとは思ってもみなかった。第一、私が桜木とはかぎらず来客に応じるとは思っていなかったのだ。もっとも、私は来客に対応したわけではなく、偶然玄関で顔を合わせただけなのだけれど。

戸口にむけた私の視線と桜木の視線がからんだ。

なぜだろう。私はにっこりと笑った。笑ったらしいのだ。

その笑みを桜木は見たし、母親も見た。

「どうしたのよ。あんた、ちゃんと理解しているの。あの人は、あなたをこんな体にした人なのよ」

母親はいきなり私に顔を近づけた。

「史子、なんだか臭い」

母親の目が三角になった。

「お酒飲んでいるの？　酔っ払っているの？」

ばれてしまった。ウフフと、私は笑って告白した。

「凍死しようと思って、お父さんのお酒を飲みました」

母親は顔面蒼白《そうはく》になった。戸口をふりかえった。

「桜木さん、聞こえましたか、いまの。こんなことを考えるようになったのは、全部あなたのせいですよ」

桜木は病室に入ってきた。ベッドに二メートルほど近づいたところで、土下座した。

「申し訳ありません。私が悪かったんです」

私はなんの動揺もなく、桜木の背中を眺めていた。目の前に事故を起こした張本人がいるというのに、マイナスの感情がまったく湧いてこなかった。

お酒のせいだったのだろう。飲んでからどのくらい経っていたのか分からないけれど、大量のアルコールはまだ私に効いていた。頭もそうだけれど、心を麻痺させていた。よかったのか悪かったのか。

「私をはねた人だったんだ」

私はぼそっとつぶやいた。

「そうです。謝ってすむことではありませんが、申し訳ありませんでした」

桜木は、頭を床にこすりつけた。

「もういいですから」

母親がヒステリックな声をあげた。

「出ていってください。二度とこの子の前に現れないでください」

桜木は立ちあがった。まぶたの辺りが濡《ぬ》れているのが見えた。私と母親に一礼し、唇をかすかに動かし、身を翻した。

「失礼します」

いい人なんだな、と、私はあろうことか思った。

「駄目だよ。行っちゃ駄目」

私の口が勝手に動き出した。

母親の目がでんぐり返り、桜木が驚いたようにふりかえった。私は桜木をまっすぐに見て言った。

「これでもう会わなくなったら、桜木さんはいずれ私を忘れちゃう。私を忘れるということは、自分がしたことを忘れるということだわ。そんなの、許せない。毎日毎日、会いにこなきゃ駄目」

時おり呂律《ろれつ》がまわらなくなりながら、私はまくしたてた。

桜木も母親も茫然と私を見ていた。

母親の顔には、大きな混乱があった。そして、桜木の顔には――なにがあっただろう？　泣きそうに歪《ゆが》んでいたと覚えているのだけれど、そしてそれは肩にずっしりと背負わされた荷物のせいだろうと思ったのだけれど、のちに本人から聞いたところによれば、贖罪《しよくざい》の方法を告げられてむしろ肩の荷がおりたと感じたという。

それにしても、私はこの時、脳細胞の一個一個が酔っ払っていたのだ。そうでなければ、こんな台詞《せりふ》をまちがっても口にしなかっただろう。私の将来を目茶苦茶にした人なんか、顔も見たくない、二度と私の前に現れるな、そう叫んでいたにちがいない。

だが、私はしたたかに酔っ払っていた。そして、桜木に再訪を要求してしまった。

そのあと、どうなったのか。まくしたてたところまでくっきり覚えているけれど、その後母親と桜木の間でどんなやりとりがあったのか、思い出せない。どうやらふたたび睡魔に襲われて寝入ってしまったらしい。

次の記憶は、我が家のベッドからはじまる。

生きている。

目覚めて、知った。そして、思い出した。父親のお酒を飲んでから起こった出来事を、断片的に。

死にそこなった。私の人生を変えた男に、今度は千載一遇のチャンスをつぶされた。凍死を阻まれた。

おそらく、もう二度と同じ自殺法は使えないだろう。母親が酒類の保管に細心の注意を払うだろうから。

絶望と憤怒に、私は枕を左の拳《こぶし》で打ちつけた。何度も打ちつけた。そば殻の入った枕は私に痛みを与えただけだったが。

私は今後、確実に死ねる手段を見つけられるのだろうか。見つけられるとして、それはいつ達成されるのだろうか。

間もなく、ほとほととノックの音がした。ドアが細く開いて、母親が顔を差し入れた。

「そろそろ起きないと学校に遅れるわよ」

いつも通りの台詞を言った。しかし、私が返した言葉はいつも通りではなかった。

「いまさら学校へ行っても」

母親は部屋に入ってきた。

「いまさらということはないわよ。学校は二学期の期末テストを特別に受けさせると言っているのよ。それで残りの授業と試験に全部出れば、卒業させるって」

退院した時から言われていたことだった。あれから一カ月近く経つというのに、まだ学校との約束は有効なのだろうか。

私は仰向けになって、天井を見た。

「卒業してどうすんのよ」

「卒業しないでどうするのよ」

「死ぬ」

アルコール分は切れたはずなのに、それまで押し隠していた本音がこぼれ落ちた。

ベッドの脇に真冬が侵入した。そこから吹きつける寒風で私は凍えそうになったけれど、耐えていた。

と、突然、雷鳴が轟《とどろ》いた。

「いい加減にしなさい。指が三本動かなくなったくらいで、いつまで拗《す》ねているの」

私は、弾《はじ》かれたようにベッドから起きあがった。正対して母親を睨《にら》みつけた。

「指が三本動かなくなったくらい？　マンガを描く人間にとってそれがどんなに大変なことか、あんた知らないんだよ」

母親は怒鳴りかえした。

「知らないわよ。私はあんたがマンガ家になれるなんて思っていなかったし、なってほしいとも思っていなかったんだから。普通に学校を出て、いい人を見つけて、幸せな結婚をしてほしかっただけなんだから」

私は、天と地がひっくりかえったかと思った。

母親の本音をはじめて知った。というよりも、母親がなにを考えているかなんて、それまで忖度《そんたく》したこともなかった。マンガ家になってほしくないと考えていたとは、夢にも思わなかった。

私の将来について母親の希望など関係なかった。これは、私の人生だ。

部屋の外が騒がしくなった。兄が隣の部屋から、父親が階下からやってきて、私の部屋に顔をつっこんだ。

「なにがあったの」

「どうしたんだ、いったい」

私も母親も、二人を無視した。

私は、母親の前に右手をつきだした。

「この指で、幸せな結婚ができると思う？」

「あんた次第だわ。左手で家事ができるように、これから練習すればいい。お母さんが教えてあげる」

「家事なんかしたくない。私がしたいのは、マンガを描くことだけ」

「そんなこと、お母さんに言わないで、桜木に言いなさいよ。あんたをそんなふうにした人に、へらへらしちゃって」

「へらへらなんかしてなかった」

「していたわよ」

「まあまあ」と、父親が部屋に入ってきて、母親の肩をひっぱった。

「朝っぱらからそんなに興奮しないで。将来について話し合うなら、もっと落ち着いた時にしようよ」

　母親は火を吐くような目で父親をふりかえった。

「だいたい、あなたがいけないのよ。東京に戻れと言われた時に、蹴ったりするから。車が雪でスリップするような場所に永住を決めこむから。一昨年《おととし》転勤に応じていれば、史子が事故に遭うこともなかったのよ」

　一昨年東京に転勤になる話があったことを、私はこの時はじめて知った。確かに、一昨年東京に帰っていれば、私の人生はまったくちがったものになっていただろう。

　父親は絶句した。

「まあまあ」

　今度は兄が割って入った。

「時間もないことだし、あとにしようよ。お父さん、ご飯食べなきゃ」

「自分でご飯よそって、味噌汁《みそしる》温めて、食べればいいのよ」

　そう言いながらも、母親の体は半分戸口のほうにむいていた。主婦の鑑《かがみ》である母親は、夫に朝食も食べさせずに勤めにむかわせることのできる人ではなかった。

私はベッドに入って、掛け蒲団を頭までかぶった。

「史子もほら、ご飯食べようぜ」

兄の声がしたけれど、私は蒲団に潜ったままだった。しばらく、三人は部屋にいたが、やがて出ていった。


私はずっと、部屋に閉じこもっていた。お昼がすぎたころにはおなかがすいてたまらなくなったけれど、我慢した。

午後二時ごろに、ドアがそっと開いた。ベッドに寝転がって爪を噛んでいた私は、慌てて蒲団をかぶった。ドアが閉まってから見ると、おむすびとお茶が差し入れられていた。持ってきてくれたのは、母親ではなく、兄だった。おむすびを握ったのも、兄だったのだろう。食べはじめると、ご飯粒がぽろぽろこぼれた。

下手くそ。

でも、おいしかった。私は絶食で死ぬことだけは絶対にできないな、と思った。

夕方四時、玄関のチャイムが鳴った。

玄関ドアの開く音がした。狭い家だから、玄関からの声がすべて聞こえた。

「本当に来たんですね」

母親の冷ややかな声がした。

誰？　と思った次には、察していた。桜木が来たのだ。

「会えますか」

桜木の低く抑えた声が聞こえる。昨日は気づかなかったが、バリトンのいい声だ。

「帰ってください」

母親が言った。

桜木に会いたかったわけではない。しかし、私の来客を勝手に追い返そうとする母親に、私は怒りを覚えた。

とはいえ、私はパジャマ姿で、朝から顔も洗っていない。

ドアをあけ、叫んだ。

「今日は駄目。明日また来て、このくらいの時間に」

桜木と母親との間で、声にならないやりとりがあったのだろうか。数秒の沈黙のあと、

「分かりました」

桜木が私に応じて大声をあげ、それからすぐに小声になって、

「お邪魔しました」

玄関のドアが開いて閉じる音がした。

母親がなにか言いに来るかなと身構えていたけれど、来なかった。やがて台所から野

菜を刻むリズミカルな音が聞こえてきた。

翌日、桜木は約束通り前日と同じ時刻にやってきた。

私は顔を洗い髪をとかし、朝ご飯も昼ご飯もちゃんと食べて、セーターとジーパンに着替えていた。

桜木のチャイムに、私が応じ、玄関のドアをあけた。

前日桜木がどんな格好でやってきたのか知らないけれど、その日の桜木ははじめて会った時と全然ちがういでたちだった。まず髪に油がついておらず、ぼさぼさの前髪がおでこにかかっていた。黒いオーバーこそ同じだったが、そこから見えるのははき古したジーパンだった。膝の部分に雪がついていた。途中で転んだのかもしれない。サラリーマンのイメージがまるきりなかったし、そのせいか二つ三つ若く見えた。

玄関に入ってきた時、桜木は肩で息をしていた。

「走ってきたの?」

「間に合わないかと思ったから」

「忙しかったのね」

時計は四時をさしていた。四時に普通のサラリーマンが自由に職場を抜け出せるわけがない。すると、桜木はサラリーマンじゃなかったんだ、と思い至った。

「桜木さんのお仕事って、なに」

「大学に勤めています」

大学の事務員？

「仕事の途中で抜け出して来たの？」

「また戻ります」

桜木は片頬に疲れた微笑を刻んだ。

私との約束を守るために無理をしているんだ、と察しがついた。申し訳ない、という思いが湧いた。自分の人生を狂わせた人物に申し訳ないと思うなんて、自分でも意外だった。もちろん、事故のことはもう不問にしようと思ったわけではない。しかし、こう言っていた。

「毎日来なくてもいいです。休みの日で。来る前には電話してください。私はいつでもうちにいます」

「いつでも？」

桜木は、訝《いぶか》るように目を細めた。

「学校に行っていないんですか」

私は肩をすくめて見せた。あまり痛いところに触らないでほしかった。立てなくてもいい腹を立ててしまうかもしれない。その挙げ句、桜木を責める言葉を口にしてしまうかもしれない。

幸い、桜木はなにも聞かず、じゃあ、今日はちょっと急ぐので、と頭を下げて出ていった。

「桜木さんって、H大の助手。遺伝の研究をしているんだって」

背後から母親の声がした。いつの間にか母親が台所のドアによりかかって、こちらを見ていた。

事務員でなくて、研究者だったのか。

「去年の春に採用されたんだって。東京生まれの東京育ちで、大学も大学院も東京。今度がはじめての札幌の冬で、雪道で車を運転するのは、あれがはじめてだったそうよ」

母親は乾いた調子でしゃべった。

ふーん、だから？

私は、ちらっと母親の顔を見た。母親の表情は照明の陰になっていて、よく分からなかった。

「あんたが桜木さんを許せるなら、お母さんはなにも言わないけれどね」

母親は捨て台詞のように言って、台所に入っていった。

桜木を許せる？

私の人生を粉々に打ち砕いた桜木を許せる？

でも、そもそも私は桜木を恨んでいたのだろうか。憎んでいたのだろうか。

数日前まで、名前も顔も知らない加害者だった。私は自分のこうむった後遺症だけに神経が行き、加害者を想像してそこに怒りをぶつけるということを思いつきもしなかった。そして、実際に加害者が姿を現した時には酔っ払っていて、正常な判断ができない状態だった。さらに二回目の接触は、言葉を交わしただけの変則的なものだった。三回目の今回は酔っ払っていない。クリアな頭で面とむかって短いながら話をした。

ところが、憎しみとか恨みとかいった感情はどこにも生じてこなかった。

私は戸惑った。なぜ桜木を憎めないのだろう。恨めないのだろう。

酔っ払った頭で桜木に一目惚《ひとめぼ》れしたわけでないことだけは断言できた。十歳も年上の男性に一目惚れするようなファザーコンプレックスを、私は抱えていない。だとすると、なぜ？

ともかく、桜木はよく約束を守った。休みごとに家に来た。

はじめは玄関で顔を合わせると、一言二言話してすぐに帰るというパターンだった。

「元気？」、「そこそこ」あるいは「今日は頭が痛くて」……そんなところだ。

そのうちに、いくぶん口数がふえた。ある日、桜木は言った。

「あまり外に出ない？」

「どうして」

「顔の色が白っぽいから」

「色白なだけ」

「そうなんだね」

桜木はうなずいたけれど、通院する以外、私が家から一歩も出ないことを見抜いているようだった。次の訪問時、桜木はインスタント写真を持ってきて、私に見せた。

「いま、うちの大学はこんな具合」

クラシカルな学舎の前に咲き誇る桜が写っていた。

「きれいね」

「生で見たいと思わない？」

と、桜木は私の目を覗きこんだ。

心の底がぐらっと揺れた。私は体を硬くした。なにかが起きかけている。でも、そのなにかが起こったら、私はどうなるだろう。

私は、変化が怖かった。だから、心の揺れがおさまる前に大急ぎで言った。

「もう、来なくていいから」

私を覗きこむ桜木の瞳が、ふくらんだ。「なぜ」というように、唇が動いたが、声にはならなかった。

「桜木さんの誠意はもう充分に分かったから、来なくていい」

桜木は、深い沈黙に落ち込んだ。私も黙っていた。

不意に、桜木の黒目が玄関ホールの奥へむけられた。どうやら、母親がそこに姿を現したようだった。

桜木はゆっくりとまばたきをし、私に視線を戻して言った。

「許してもらえた、ということ？」

許す、という言葉が桜木の口から出たことで、私の心はべつの形で揺れた。それまで、私たちは事故について触れたことがなかった。病院で土下座されたのが唯一、加害者と被害者としてのやりとりだった。だが、許すの一言で、桜木が私の前ではつねに加害者としての意識をもちつづけていたのだということが分かった。

加害者だから、義務で来ていたんだ。分かりきったことを、あらためて思い知らされた。そして、その瞬間、行き場のない悲しみと寂しさにとらえられた。

負の感情をふりきるため、私は思いきり首を縦にふった。

「だから、来ないで、もう」

それだけ言うのが、精一杯だった。

私は身を翻し、二階に駆けあがった。部屋に入ったとたんに、私の両頰を熱い塊が滑り落ちた。ドアによりかかって座りこみ、膝に顔を埋めて泣いた。

世の中にたった一人とり残されたかのような孤独感が獣のように私を嚙み砕いていた。

母親も桜木も、私の様子に気づかなかったようだ。あるいは、少しはなにか感じたかもしれないけれど、部屋に追いかけて来るということはしなかった。ぼそぼそという声がし、やがて玄関ドアの開閉する音が聞こえた。桜木が家から出ていき、私から遠ざかっていく音だった。桜木に会うことはもう二度とないだろうと思った。

私は涙を流したまま立ち上がり、天袋を開いた。マンガの道具一式をしまいこんだ場所だ。

とたんに、インクの匂いが鼻を打った。筆に染み込んだ黒インクが天袋を満たしていたのだ。急いで戸を閉めた。

失ったものに会えば、桜木への憎しみが感じられるのではないか。そう思ったけれど、やはり憎しみが芽を吹くことはなかった。孤独がどんどん深まっていくだけだった。シーちゃんや、高坂さん、黒金先輩の顔が脳裏を流れていった。みんな、途方もなく、遠い。

私はこれから先、どうやって生きたらいいのだろう。

それまでどうやって死んだらいいのかとばかり考えていた私の脳裏に、そういう自問が浮かんだ。

じきに死ぬんだから先のことなど考えなくてもいい、すぐにそう考え直したけれど。

桜木のほかにも、私を訪ねてくる人がいた。高校の担任だ。

担任は学期末試験がはじまるという前日に一度、訪ねてきた。しかし、私はその日、本物のひどい頭痛に苦しんでいて面会できなかった。

二度目に来たのは、卒業式の直前だった。

桜木と会うようになっていた私は、担任とも顔を合わせることができる精神状態になっていた。

「特別に卒業できる、という朗報をもってこられればよかったのだけれど」

担任は眉を八の字にして、そう言った。定年間近の、ひそかに「マリアさま」と仇名《あだな》されているような心やさしい女性教師だった。私の卒業のために尽力してくれたのだろう。申し訳なさが、ふくよかな体いっぱいににじんでいた。

「とんでもありません」と、母親が頭をさげた。「いろいろとお気遣いいただいて、本当にありがとうございました」

ほら、と私の後頭部を押して、私にも頭をさげさせた。

「それで、これから？」

担任は、私の目を覗きこむようにした。留年の手続きをとるのか、中退するのか。マリアさまを前にしても、私の心はかたくななままだった。

「一年留年しても卒業できる保証はありません」

私は担任にむけて、右手をつきだした。

「字が書けないんです。板書をノートに書き写すこともできなければ、試験用紙に解答を書くこともできません。マルとバツを書くだけの試験ならとりあえずなんとかなるかもしれませんが、それ以外は無理です」

「授業を書き写さなくても、平野さんはもうほとんど三年生のカリキュラムをこなしているのだから、聞いているだけで大丈夫だと思いますよ」

「ただ出席していれば卒業させてくれる、と？」

担任は小さくうなずいてから、つけくわえた。

「試験にしても、たとえば択一問題とか数学の答えなら、平野さんの能力をもってすれば、すぐに左手で書きこなせるようになるでしょうし」

私は嘲笑した。自嘲だったけれど、担任は自分が嘲られたと感じたかもしれない。

「先生、それは買いかぶりです」

「史子」

母親が小さく叱責の声をあげたけれど、私はつづけた。

「私、一級下の人にまじって、まるで劣等生のようにただ教室の椅子に座っているなんて、できません」

担任は唇をへの字にして私を見た。私は見返すことができなくて、席を立った。居間を出て、二階にあがった。

三十分ほどして、玄関から母親が「先生がお帰りよ」と叫んだが、おりていかなかった。一分かそこらの静寂ののち、先生の声がした。

「先生はいつでも史子さんを待っているからね」

さらに一分ののち、玄関ドアがあいて、しまった。

高校との縁が切れた瞬間だった。

実際には、このころ私は左手でペンを握る練習をはじめていた。○や×や数字はすでに書けるようになっていた。

だが、担任にも言った通り、下級生にまじって授業を受けるなど、想像するのさえ嫌だった。

近いうちに死ぬんだ。学歴は必要ない。私はそう、自分に言い聞かせた。


死は最高の免罪符です。間もなく死ぬと思えば、なんでもできるし、なんにもしなくていいのです。

私は自殺の方法が見つからないとうそぶきながら、だらだらと生活していました。

そして、二十歳を迎えました。

四月二十六日だった。

九死に一生を得てから二十回目の誕生日だった。

朝、目覚めると、頭頂の辺りに痛みの予感があった。私はほくそえんだ。本格的な頭痛がはじまれば、後ろめたさを感じずにベッドで一日すごすことができるからだ。

高校を中退してから、母親が六時になると部屋にやってくることはなくなった。しかし、八時半にはやってきた。最初は「朝ご飯食べちゃってよ」だったが、去年の夏からは台詞が変わった。

「じゃあ、行ってくるから」

母親は、去年の夏からデパートでアルバイトをしていた。数年前の石油ショックに端を発した不況のせいで家計が苦しくなったのだと言っていたけれど、そうではないことを知っていた。兄が大学を卒業して就職したし、私にはちっともお金がかかっていないのだから、給料がきちんと支払われる家計が苦しいはずはなかった。

母親は私とともに家にいつづけるのが耐えられなかったのだ。

それからもうひとつ、自分が家にいなければ、私がいくらかでも家事をするようになるだろうと期待してのことだっただろう。誰がそんな期待に応えてやるものかとばかりに、私がしたのは朝食の食器を洗うことと、自分の洗濯物を洗うことだけだった。それも本格的な頭痛に苦しめられた日には一切しなかった。

私は、誰にも批難されずにうんざりするほどテレビを見、疲れると眠るといった毎日を送っていた。

「じゃあ、行ってくるから」

二十回目の誕生日のその日も、母親は部屋に来てそう言って出勤していった。

私は頭を持ちあげた。案に相違して、頭痛は頭頂をかすめて去っていた。空腹だったので、起きて下へおりていった。

このころの私は、とにかく怠惰だった。寝る時も起きている時も、同じスウェットの上下を着ていた。口紅はおろか、化粧水やクリームをつけたこともなかった。

鏡のある場所では目をそらすようにしていた。そこに映っているのは、輝かしい青春期をすごしている溌溂《はつらつ》とした娘ではなく、不健康に太って荒れ放題の肌をした惨めなヒトだと知っていたからだ。

しかし、二十回目の誕生日の朝、私は朝食後の歯磨きで、洗面台の鏡に見入った。

予想通り、そこには青白くて不機嫌なヒトが映っていた。ただし、崩れた太り方はしていなかったし、荒れた肌もしていない。若い娘と見れば見えなくもない顔つきをしていた。

私は曲げられるだけ口を曲げた。

「二十歳になっちまった」

声に出してつぶやいた。

「おい、いつまで生きる気だよ」

鏡の中の私は答えない。

洗面台の上に、剃刀《かみそり》の刃が載っているのが目についた。兄か父親が髭《ひげ》を剃《そ》るのに使ったのだろう。

左手で取って、右の手首に当てた。横に引いたが、皮膚は切れなかった。よほど使いこなされたあとなのだろう。

左手に力をこめて、もう一度右の手首の上を滑らせた。

痛みとともに、今度は血が出た。しかし、溢れるような勢いはなく、じわりとにじみ出る程度だった。それもすぐに止まってしまった。

私は息を吐き出し、剃刀の刃を洗面台の下の屑籠《くずかご》の中に落とした。

「私は死ねない、かもしれない」

死ねないとしたら、この先につづく膨大な時間をどうすごすのだ？

実のところ、なにもしない生活にはとっくの昔に倦んでいた。

いまのようにインターネットでもあれば、別の楽しみがあったかもしれない。しかし、一九七〇年代半ばに身の回りにあったものは、カラーテレビとレコードプレーヤーだけだった。マンガと決別していたから、なおさらすることが見当たらなかった。

いや、右手さえ満足に動けば、いろんなことができるのだけれど。

いやいや、右手が満足に動いていれば、そもそもこんな生活には落ちこまなかったはず。

結局のところ、あの事故が悪いのだ。

桜木が悪いのだ。

唐突に、桜木にたいする激しい感情が湧いてきた。桜木を知ってからこれまで一度も感じたことのない、憎しみだった。

「許してもらえた、ということ？」

その言葉を口にした日を最後に、桜木は来なくなっていた。

私のことを忘れてしまったのだろうか。

自分のしたことを忘れてしまったのだろうか。

許したりなんかできない。一生、許せることではない。

私は二階に駆け上がり、スウェットを脱ぎ捨てた。不摂生のせいで太ってしまったけれど、そして新しい外出着など買ってもらっていなかったけれど、箪笥からなんとかさまになる服をひっぱりだし、着替えた。

ポシェットに、H大までの交通費をつっこんだ。施錠するのももどかしく、家を飛び出した。

H大についたのは、十二時少し前だった。大学の昼休みが何時にはじまるのか知らなかったけれど、ちょうどいい頃合だと思った。

だが、私の勢いはそこまでだった。

大学の事務室で桜木を呼び出してもらうつもりだった。しかし、その事務室をなかなか見つけられなかった。

H大がものすごく広いことは知っていたけれど、部外者にこれほど分かりにくいところだとは知らなかった。

構内に人の姿がなかったわけではない。何人もの学生が、わりとのんびりした感じで歩いていた。しかし、彼らに事務室のありかを尋ねるのは抵抗があった。同年代の彼らに、部外者だと悟られたくなかった。

さまよった挙げ句に、牧場のような場所に出た。

そこで、牛が一頭のんびりと草をはんでいた。そして、それをスケッチしている若者がいた。

H大に、美術部なんかあっただろうか？

ない。あれば、H大目指して受験勉強していた。

スケッチをしている人と私の距離は一メートルかそこら。人が描いた絵を見たいとは思わなかったのに、私の視線はスケッチブックを嘗《な》めてしまった。

牧場にいる牛は一頭だったが、スケッチブックにはたくさんの牛が躍動していた。心もちデッサンが崩れているようだが、すごく下手というわけではない。

絵描きがふりかえった。私は逃げ腰になったが、

「平野さん？」

相手が驚いた声をあげ、立ち上がった。

黒縁の眼鏡をかけて、髪をスポーツ刈りにした若者だ。立つと、背が高い。百七十五センチはありそうだ。この時代の百七十五センチといえば、ひどく高いと言っていいほうだ。こんなノッポに知り合いはいなかった。

「あなた、誰」

「僕だよ、長谷部理だよ」

「長谷部君？」

信じられなかった。中学生の長谷部君は、ずんぐりむっくりした男子だった。高校がちがってしまったので、中学卒業後は一度も会っていなかった。

「本当に漫画クラブの長谷部君？」

「そうだよ。あの長谷部だよ」

「こんなところでなにをしているの」

「え？　もちろん学生だよ」

　これまた信じられなかった。中学の時、長谷部君は成績が悪かった。とても北海道一の大学に入れるとは思えなかった。それに、高校を卒業したら上京して、某マンガ家のアシスタントになる夢を熱く語っていた。もっとも、漫画クラブの誰も、長谷部君がその夢を実現できるだろうとは思っていなかったけれど。

「美術学部に入ったわけじゃないよね。H大に美術学部はないものね」

　長谷部君はうなずいてから、言った。

「法学部」

　驚いた。H大の法学部といえば、日本一の国立大学T大の支社と言われているような学部だ。高校の三年間、それも進学校とは言えない高校での三年間で、どうやってそこまで成績を伸ばしたのだろう。それに、マンガ家になる夢はどうしたのだろう。こんなふうに牛をスケッチしているところを見ても、絵を諦めたとは思えないのに。

「マンガ家はどうしたの」

「ああ、あれは」

　長谷部君は、鼻の下を指でこすった。

「見果てぬ夢、だね」

「でも、いまでも描いていているんじゃないの」

スケッチブックを指さした。長谷部君の頬を苦い笑いが駆け抜けた。

「僕は才能がないからさ、平野さんみたいに。ストーリーとか出だししか思い浮かばないし。でも、時々無性に絵が描きたくなるんだ」

長谷部君がぶらぶらと歩き出したので、なんとなく私もついていった。

「なんで法学部？」

「高校に入った年、親戚の会社がかたむいたんだ。親父《おやじ》が連帯保証人になっていたんで、うちにも借金の取り立てが来てさ。すったもんだがあって、お袋と小学生だった妹は神奈川にあるお袋の実家に逃げ、僕は親父と札幌に残った。そのあと、親父が自殺して、多額の生命保険がおりたんで、借金問題はなくなった。で、お袋に呼ばれて僕も神奈川に行ったんだ。でも、札幌が忘れられなくて、一念発起して勉強して、戻ってきたんだよ。法学部というのは、まあ、連帯保証という不合理な制度を知って、法律に興味をもったからだね」

長谷部君は淡々と語ったけれど、私は長谷部君の境遇に圧倒された。

「大変だったんだね」

そんな言葉では言い尽くされないと思ったが、それしか言いようがなかった。

「まあね」

「親戚のこと、恨んでいないの？」

「うーん」

長谷部君は眼鏡を押しあげた。

「親父が自殺した時は、少しね。でも、いまその親戚の世話になっているんだ。倒産したあと、また会社を興して、それがある程度軌道に乗っているとかで、僕の学費とか面倒見てくれている」

「不幸中の幸い？」

「だね。親戚が手を差し伸べてくれなければ、僕はきっと神奈川で就職するしかなかっただろうから。もっとも、親戚というのは親父の弟で、二人はすごく仲がよかったからね。彼も親父の死で傷ついたと思うんだ」

長谷部君の父親の弟は、ある意味、加害者だろう。その人も傷ついただろうと想像する長谷部君に、私は虚を突かれた。

桜木は、私をはねたことで、傷ついただろうか？　そんなこと、考えたこともなかったけれど、きっと傷ついたのだろう。だからこそ、病院で土下座もしたし、毎日会いにこいという私の要求を受け入れたのだ。

考え込んでいると、長谷部君が突然、質問をよこした。

「で、平野さんはどうしてここに？」

ぎくりと、心臓が冷たくなった。私は自分の立場を忘れていた。名前を呼ばれた時、ちがうと言って立ち去ればよかったのだ。

「なんで私だって、分かったのよ。あれから随分変わったでしょうに」

思わず言うと、長谷部君は声に力をこめて言った。

「平野さんはちっとも変わっていないよ。それはもう驚くほどだよ。ほんとに二十歳？」

「嘘。こんなに太ったし」

「中学の時だって、それくらい太っていたよ」

「えー、そんなことないよ」

と言ったものの、考えてみれば、中学時代、とくに三年生のころは、けっこう太っていた。背がぐんぐん伸びる一方で、体重もばんばん増えたのだ。いま着ている外出着も、中学三年の時のものだったはずだ。高校二年生くらいになってから、痩《や》せはじめたのだ。すっかり忘れていた。

するとと、いまの私は中学生の時と変わりないということか。言葉を変えれば、成長していないということでもある。

「ずっと家に閉じこもっていたからね」

私は自嘲気味に言った。長谷部君はあまり驚いていないようだった。

「ずっと？」

「そう、高校三年の終わりから」

長谷部君は下をむいた。

「平野さんが高校三年の大事な時期に事故に遭ったという話は、聞いていたんだ」

「誰から」

長谷部君は、事故当時私の同級生だった女子の名前をあげた。

赤石弥生《あかしやよい》。学校帰りに誘い合わせて道草を食うほど仲がよかったわけではないけれど、親しく口をきいてはいた。きかん気な眉毛と大きな瞳が印象的な子だった。

「なんで彼女を知っているの」

「いま法学部で一緒」

またしても驚いた。赤石さんの成績は私より下だったと記憶している。それがH大の法学部とは。

赤石さんといい長谷部君といい、私より下の成績の子が難関の学部に入学していると知って、心がひりひり痛んだ。そんな学部に入ろうと思ったことすらないのだから、理不尽な感情だと分かっている。分かっているが、心の痛みはとまらなかった。

「じゃあ、これは聞いているかしら。聞いていないわよね。赤石さんだって知らないはずだから」

私は、心の痛みをはね返すために言った。

「手がね」

と、右手を長谷部君の目の前にかざした。

「動かなくなったの。だから、マンガ家を諦めるしかなかったの」

長谷部君は私の右手を一瞥《いちべつ》してから、またうつむいた。

「お互い、いろいろあったということだね。そして、マンガ家の道を諦めた」

お互いいろいろあったということは認める。でも、そんなふうに一言でくくられるのは、好きではなかった。あなたの大変さはあなたの大変さ、私の大変さは私の大変さなのだ。マンガとの関係だって、それぞれちがっている。

「長谷部君はまだ諦めなくてもいいんじゃないの。指は動くし、現にスケッチもしているんだし」

「諦めなければ夢はかなうって言うけれど、どうかな。夢は夢のままにしておいたほうがいいことだって、あるよ」

「おとなだね」

「二十歳だからね」

言ってから、長谷部君は、あれ？　と首をかしげた。

「今日って、平野さんの誕生日？」

「やだ。なんで覚えているの」

「やっぱりそうか」

来いよ、と長谷部君は私の手をつかんで走りだした。

「どこへ行くの」

「いいところ」

長谷部君に連れていかれた先は、学生食堂だった。

長谷部君はソフトクリームをふたつ買って、ひとつを私によこした。

「二十歳の誕生日に、これしか贈れないけれど」

「そんな。貧乏学生なんでしょう」

「このくらいはいいさ。家庭教師もしているし。これ、大学で飼っている牛から搾ったミルクで作ったんだってよ」

「へえ。すごいね」

「誕生日おめでとう」

長谷部君は、私のソフトクリームのコーンに軽く自分のコーンを触れさせ、ぺろりと嘗めた。私も嘗めた。あっさりした甘さの、それでいて濃厚なクリームが舌に広がった。

「美味《おい》しい」

「うん。ここでしか食べられない味」

美味しい美味しいとくりかえして、食べた。

食べ終わると、長谷部君は時計を見、

「あ、講義がはじまる」

慌ててスケッチブックを広げた。

「連絡先、書いて」

「ん？」

「引っ越しただろう？　札幌に帰ってきてから連絡をとろうとしたんだけれど、手紙が返ってきた」

「私、字が書けない」

「あ」

長谷部君の顔が赤くなった。私はとても素直な気分で言った。

「代わりに書いて」

住所と電話番号を口にした。長谷部君はそれをスケッチブックに書きとめながら、

「屯田《とんでん》か。ずいぶん奥まったところに移ったんだね」

「あちらこちらに畑と田圃《たんぼ》があるわよ」

「そうだろうね」

長谷部君はさらに鉛筆を走らせ、そこの部分をひき千切って私によこした。

「これは僕の連絡先。宮本さんという家の電話。午後五時から八時くらいまでだったら、

つないでくれる」

携帯電話は存在せず、学生が自分の固定電話を持つということもほとんど考えられなかった時代だ。電話はもっぱらアパートか下宿の大家のものを使用させてもらっていた。

「五時から八時ね」

私は、紙切れを左手で丁寧に畳んでポシェットにしまった。

「じゃ、またね」

長谷部君は、手をふって走り去った。

事務室の場所を聞けばよかったと思いついたのは、長谷部君の背中がだいぶ遠くなってからだった。

桜木に会わなくても、べつにいいか。

私の心は、いつの間にかほのぼのと暖かくなっていた。

外の世界も悪いものじゃない。

私は、H大を出た。この大学に入るとしたら何学部がいいだろうかと思いながら、帰途についた。

そして、家に帰るとさらにもうひとつの驚きが待っていた。

郵便受けにカードが入っていたのだ。薄紫色のきれいな封筒から出てきたのは、虹の絵が描かれたバースデイカードだった。

「二十歳の誕生日おめでとうございます。

無事にこの日を迎えられたことを、大変嬉しく思います。

これからの人生がより良いものとなることを、心からお祈りしています。

桜木」


とあった。

私は、カードを胸に抱きしめた。


二十回目の誕生日を境に、私の生活は一変しました。高校の教科書を出して、猛勉強をはじめたのです。左手で字を書く練習も本格的にはじめました。

その年の大学入学資格検定試験（現在の高校卒業程度認定試験）を受験するのには間に合わなかったけれど（なにしろすでに願書の締め切りをすぎていたから）、翌年は受験し、さらにその翌年には大学の入試を受け、合格しました。

合格発表を、長谷部君と一緒に見に行った。ボード上に自分の受験番号を見つけた時は、思わず長谷部君と手をとりあって喜んだ。

とはいえ、私を合格に導いてくれたのは、長谷部君ではなかった。

受験勉強の際、私は数学に手を焼いたのだが、長谷部君の数学にかんするセンスは私より悪かった。それで私は、大学の理学部の助手（いまの助教）に家庭教師を依頼した。つまり、桜木だ。

二十歳のバースデイカードをもらったお礼の葉書を、私は桜木に送った。すると、桜木から電話が来た。私は近況を聞かれ、H大学を受験してみようかと思っていることを話し、桜木は一年前と変わらぬ生活（明けても暮れても研究ばかり）を送っていると話した。

私たちは加害者と被害者としてではなく、古い友人同士のように会話を交わしたのだ。そして、それから一カ月後には、桜木は数学の家庭教師としてふたたび我が家に出入りするようになっていた。もちろん、そこには被害者としての強要も加害者としての義務もなかった。桜木は固辞しようとしたけれど、母親は家庭教師の相場の料金に、知人としての夕食を上乗せしてくれた。

桜木のおかげで、私はなんとか数学2Bをクリアした。法学部だったから、それで充分だったのだ。

そう、私が選んだのは、長谷部君や赤石さんと同じ法学部だった。

法学部では、大量に論文を書かなければならない。左手で書く文字はまだたどたどしい。教授が私の論文を途中で放り出す恐れがなきにしもあらずだ。

それでも、熟考を重ねると、法律を学ぶのが正しい選択だと思えた。漠然と自分は結婚しないだろうと考えていたから、手に職をつける必要性を感じていた。法律を学べば、司法試験に合格しなかったとしても、司法書士の道がある。それにもなれなかったら面倒なことにはなるが、とにかく私が入れる学部で将来手に職をつけられるのは法学部しかない、そう思ったのだ。もっとも、長谷部君が強く勧めたというのも、少しは影響していたけれど。

桜木に合格を報告しなければならない。そう思ってふりむいた先に、桜木の姿があった。

目と目が合った。

桜木は小さくほほえんだ。それから、片手を軽く挙げて、その場を去っていった。

長谷部君と手をとりあったシーンを見られてしまったのだろうか。

だからどうしたということもないけれど、わずかに気持ちが揺らいだ。

学生生活は順調に進んだ。年下の子と同学年になるということに少し怖《お》じ気《け》をふるっていたのだけれど、それも杞憂《きゆう》だった。大学には一浪や二浪、時には六浪なんていう人もいたから、私がとくに悪目立ちすることもなかったのだ。

翌年、長谷部君と赤石さんが卒業していった。

四年生の時から司法試験を受けていた長谷部君は、卒業した年の司法試験に合格した。

四浪五浪が当たり前と見られていた最難関の国家試験に、卒業してすぐに合格するというのは、すごいことだった。

司法試験に合格すると、二年間の司法修習をしなければならない。四月から七月半ばまで東京で、その後は各地の裁判所などで実地修習が行われるという。

この実地修習の地に、長谷部君は札幌を希望していた。しかし、どういうわけか希望がかなわず、家族の暮らす横浜での修習が決まってしまった。

「札幌に帰ってこられないかもしれない」

と、長谷部君は憮然《ぶぜん》としていた。長谷部君は弁護士志望だったが、実地修習の場で弁護士事務所とのつながりができることを考えれば、横浜に残る可能性は大だった。

長谷部君が司法修習に出発する一週間前、赤石さんと三人で壮行会を開いた。市の中心部にある老舗のホテルでのディナーを奮発した。

赤石さんのほうは、大学卒業後は電力会社に就職し、法律とは縁もゆかりもない事務員として働いていた。

「司法試験なんて、私には無理だし。まあ、結婚したら、会社も辞めて専業主婦かな。ますます法律とは縁遠くなるわねえ、離婚沙汰にでもならないかぎり」

そう言って、赤石さんは視線を長谷部君に流した。

学生時代にはカジュアルな服装で化粧もほとんどしていなかった赤石さんだが、就職後はすっかりお洒落《しやれ》になっていた。きかん気の眉毛をやさしげに整え、青いアイシャドーを入れた目が、なにやら妖しげだった。私としては、以前の自然な眉毛と目のほうが魅力的に思えるのだけれど、まあ、人の好みはそれぞれだ。

　私は、赤石さんが長谷部君に恋をしていることを知っていた。長谷部君の上京前になんとかして将来の約束をとりつけたいと考えているのは、明らかだった。そんなにもの欲しそうにしないほうがいいと思うのだけれど、こぼれてくる恋心はいかんともしがたいのかもしれなかった。

　じゃあ、長谷部君はどうなのかというと……これがさっぱり分からなかった。いまはまだ恋とか結婚とかにとらわれている場合ではないと考えているのかもしれなかった。お父さんの自殺からこっち、がむしゃらに生きてきたにちがいない。横浜でかつかつの生活を送っている母親と妹のことを考えれば、これからは大黒柱としての責任も感じているのかもしれなかった。

　でも、私は赤石さんの恋を成就させてあげたかった。この一年間赤石さんをそばで見てきて、赤石さんならきっと長谷部君のいい伴侶になるだろうと感じてもいた。適当なところで二人きりにするつもりだった。

　食後のコーヒーを飲み終えたのが、そのタイミングだと思えた。

「じゃ、私、そろそろ」

ナプキンで口を拭いながら、私は言った。

「え、なに、帰っちゃうの」

赤石さんと長谷部君が同時に言った。

「うん。明日、早いから」

「早いなら私だって」

「あなたたちはこのあと、お酒を飲みたいんじゃないの」

「あ、まあ、そうだけれど」

二人とも、相当な酒好きだった。私は、あの失敗に終わった凍死自殺計画以来、二十歳をすぎてからもお酒を口にしないようにしていた。私が飲酒すると、母親が過度に神経質になるからだ。それに、おいしいとも思わなかった。

「じゃ、ごゆっくり」

私は、二人がなんやかんやととめにかかる前に、ホテルをあとにした。いい結果が出ると、信じていた。

翌日、二人からの連絡はなかった。どうなったか知りたくてたまらなかったが、こちらから電話をするのははばかられた。

長谷部君から電話があったのは、彼が東京に発《た》つ前日の昼のことだった。

「今晩ちょっと時間ないかな」

と長谷部君は言った。

「今晩？　時間はあるけど。札幌からいなくなる前の夜に、私なんかと会っている暇はないでしょう」

「いなくなる前の夜だから、会いたいんだ」

長谷部君の声には深刻な響きがあった。赤石さんとなにかあったのだろうか。私に相談したいことでもあるのだろうか。そう考え、承知した。

よく行っていた大学そばの喫茶店で待ち合わせた。

長谷部君は、五分くらい遅れてやってきた。名残り雪の降る寒い夜だったが、ホテルでの壮行会の時と同じスーツ姿だった。

「ごめん」

とまず言ったのは、急な呼び出しを詫びたのか、五分の遅刻を詫びたのか。

「飯、食った？」

「まだ」

「じゃ、場所替えようか」

「え、そう？」

長谷部君は、壮行会で使ったホテルの名前を挙げた。

「奢《おご》るよ。この間の壮行会のお返し」

「え、いいよ。いくら給料をもらえるようになったと言っても、まだそんな贅沢《ぜいたく》をできる身分じゃないでしょう」(この時代、司法修習生には給料が支給されていたのだ)

「うん。でも、一回くらいはね。アパートを解約してしまったんで、今晩はそこに泊まるんだ」

「えー、そうなの」

贅沢のしすぎではないかと思ったけれど、しかし高校の途中からずっと苦学生をしてきたことを考えれば、人生の門出ぐらいには許されることかもしれなかった。

私は、素直に長谷部君についていった。

「部屋を見たい?」

と聞かれたから、これにもうなずいた。部屋は十階にあって、そろそろ点《とも》りはじめた街の灯がきれいだろうと単純に思った。

シングル・ルームだから、そんなに広くない。窓辺に立って、身をよせあうようにして外を眺めた。

転校した中学で出会って、ともにマンガの腕を競いあった。高校に入ってからはべつべつの苦難に巻き込まれたけれど、ひょんな再会をして、この四年はふたたび同じ道を歩くようになった。けれど、それも終わりを告げようとしている。ひとつの時代がすぎていくんだなあ、と感慨深かった。

隣で長谷部君はなにを考えていたのだろう。気づけば、長谷部君の呼吸は荒くなっていた。

「平野さん」

と、長谷部君は切羽詰まった声を出した。

胸の奥でぱちんとひとつ、小さな風船が割れたような気がした。私は、ほとんどの場合、自分の性別を意識することがなかった。だから、相手の性別にも往々にして無頓着だった。でも、この瞬間、長谷部君を男性だと意識しないわけにいかなくなった。自分が男性と二人きりで密室の空間にいるのだ、ということも。

「赤石さん」

と、私は言った。鏡と化した窓ガラスの中で、長谷部君の顔が微妙に歪んだ。

「赤石さんがどうしたの」

「この間、赤石さんとなにか約束したんじゃないの」

「え、どういう意味」

「二人は相思相愛でしょう」

は？　といったような声をあげて、長谷部君は六法全書の厚さ分ほど私から離れた。

「平野さん、そんなふうに誤解していたの？」

「え、誤解なの？」

私は驚いたふりをした。赤石さんが長谷部君にぞっこんなのは知っていたけれど、長谷部君が赤石さんをどう思っているのかは定かではなかった。だから、相思相愛というのは言いすぎなのだけれど、それで通したほうがいいと、勘が告げていた。

「そんなふうに見ていたなんて、知らなかったよ」

長谷部君は憤慨したように言った。

「ちがうよ。全然ちがう。僕は赤石さんのことなんかなんとも思っていない。そりゃあ、いい人だけれどね。でも、彼女は挫折の経験がないままで来ているから、肝心な点で波長がずれてしまう」

長谷部君は途中で首をふった。

「赤石さんのことはいい。ここにいない人のことを言うのは失礼だ。僕が言いたいのは、僕が好きなのは……」

長谷部君は途中で絶句して、狭い部屋の中をぐるぐる回りだした。

私は始末に困って、長谷部君を眺めていた。なんとかして彼の思いから逃げ出したかったけれど、窓辺は出入り口から遠く、しかもその途中には長谷部君が歩きまわっている。

やがて、長谷部君の足がとまった。ふぅっと、長谷部君は大きく息を吐き出した。

「ごめん」と、長谷部君はドアに顔をむけて言った。「飯、食いに行こうか」

私は、長谷部君に気づかれないように細く細く息をついた。

後年、なぜだかこの日のことが話題になったことがある（話題にできるほど、二人とも年をとって屈託がなくなったのである）。

「部屋の中を歩き回りながら、なにを考えていたの」

「リビドーを懸命に抑えていた」

「それはまあ、ご苦労さま。二十代前半の男性としては苦行僧みたいなものだったわね」

「うん。しかし、ほかの女性と相思相愛だと見られていて、なおかつそれに嫉妬もされていないようじゃ、これっぽっちも僕の思いが成就することはないと考えるのが妥当じゃないか。我慢するしかなかったね」

長谷部君は賢く、そしてとてもいい人だ。だからこそ、私たちの関係は、途切れることがあっても再会するたびに復活することができたのだ。

さて、長谷部君はこんなふうに法学部を出た甲斐《かい》があったけれど、私はといえば、三年生にさしかかったころには道をまちがえたのではないかと思うようになっていた。

たとえば、刑法の試験のひとつがある。

D判定の上に、「設問の事件をあれこれ背景設定する必要はありません。刑法の条文を挙げ、判例と論点を引用しつつ書けば、それで充分です。」という講評がついてきた。

　つまり、私は、「妻が、不仲の弱い夫を執拗《しつよう》にいじめ、予定通り自殺に追い込んだ場合の罪責について論ぜよ。」という設問にたいして、こんな解答をしてしまったのである。

「当該事件は自殺関与罪だけか、それとも殺人罪まで問えるか、ということだと思料するが、『不仲』『弱い』『いじめ』これだけの条件ではなんとも言いがたいのではないか。

　まず、なぜ夫婦は不仲になったのであろう。はじめから愛のない結婚だったのだろうか。すると、なぜ二人は結婚したのかという疑問にたどりつく。

　親の勧める結婚だったのだろうか。妻にはべつに愛する男性がいたのだろうか。

　それとも、愛があって結婚したのだが、その後、妻はなんとなく夫に不満が募ってきたのであろうか。

　べつに愛する男性がいたとか、なんとなしの不満で不仲になったのだとしたら、妻の側に同情の余地はあまり感じられない。

　しかし、こうも考えられる。夫が浮気をした。または、浮気こそしていないが、ほかに好きな女性がいて、妻は女性特有の勘で気づいてしまった。そうだとしたら、男性の側にも一定の責任がある。

　また男性が『弱い』というのは、どの程度弱かったのだろう。それは心の弱さなのか、それとも体の弱さなのか。

社会通念上、男性というものは、身体的には女性より強いはずである。家庭的には、妻よりも夫のほうが強いはずである。その強いはずの男性＝夫をどれほどいじめれば、自殺にまで追い込めるのか。

体に悪いもの、たとえば高血圧の夫に塩分の多い食品をたくさん食べさせる。それはいじめには見えないが、妻が心の中で夫が体を壊して死んでくれればいいと願っていたとしたら、いじめどころか殺人に相当するのではないだろうか。病態が悪化すれば、それを苦にして夫が自殺することもありうる。

とはいえ、夫がそれをいじめと解するかどうか、疑問は残る。だから、この形の『いじめ』では殺人罪はおろか自殺関与罪にも問えないだろう……」

思考はこんなふうに延々とつづき、そのうちに時間切れになって、判例とか論点を考察するに至らなかった。いや、そもそも判例や論点にかんしてろくに頭に入っていなかったのだけれど。

一事が万事こんな調子というわけではなかったが（さすがに憲法ではこういう想像力は働かなかったから）、ともかく司法試験に合格する能力はなさそうだということが段々と明らかになってきた。

「いいじゃないの。H大の法学部を出ていれば、就職はできるわよ」

赤石さんは慰めてくれたけれど、私は悲観的だった。

女性が二十五歳をすぎて結婚していなければ、職場で売れ残りのクリスマスケーキと陰口を叩かれた時代だ。つまり、二十五歳までに結婚して職場を去るのが普通だったのだ。ところが、私は大学を卒業した時点で二十五歳と十一カ月。すでに売れ残りのクリスマスケーキ状態なのだ。雇ってくれる会社が果たしてあるのだろうかと、不安だった。大学卒業の翌年には、父親が定年退職する予定だった。そうなったら、ずっと親のすねをかじっているわけにいかない。是非とも自活しなければならなかった。

ところで、「設問の事件をあれこれ背景設定する必要はありません。」と講評された試験問題である。その後も私は、妻がいじめで夫を自殺に追いやる例について考えつづけていた。

そのうちに、ひとつのストーリーが生まれた。

恋愛結婚して五年、そろそろ倦怠期《けんたいき》にさしかかっていた妻は中学の同窓会に出て、初恋の人に再会し、焼けぼっくいに火がつく。彼のほうは未婚だった。それで、彼との再婚を考えるが、問題は現在の夫とどうやって別れるか、だった。夫には親から受け継いだ大きな資産があり、その資産に妻もその恋人も未練があった。夫が死んでくれれば、資産を手にした上で再婚することができる。たまたま夫は一年に一回の健康診断で胃の再検査が必要と判定されていた。再検査では問題なしという報告が来たが、妻はこれを隠し、あたかも癌《がん》が見つかったかのような芝居を演じる。癌ノイローゼに陥った夫を自殺に追いつめていく妻……。

そういったストーリーだ。要はミステリー小説である。

将来の設計ができない焦りを誤魔化すために、私はそれを原稿用紙に書きとめていった。さらにそれを、ある雑誌が募集していたミステリー小説の新人賞に応募したのは、若気の至りだった。

マンガを描いていたから、ストーリーを作る訓練はしている。しかし、マンガを描くのと小説を書くのとでは、大きなちがいがある。マンガなら絵で表現できるところも、小説だとすべて文章にしなければならない。当たり前のことだが、文章力が必要なのだ。それに、純文学ならともかく、ミステリー小説はひねっていなければ面白味に欠ける。癌ノイローゼに陥った夫を自殺に追いつめていく妻を、心理小説ふうに迫真の描写で書ければ必ずしもひねらなくてもいいだろうけれど、残念ながらそれだけの文章力は当時の私にはなかった。

応募の小説は、一次選考にもひっかからなかった。

学生生協で立ち読みした雑誌で自分の名前を見つけられなかった私は、がっかりして建物の外に出た。

すでに四年生は目前に迫っており、小説に甘い望みをつないでいた私は、いよいよ就職にむけて動きだす覚悟を決めなければならなかった。

突然、背後から声をかけられた。

「平野さん」

ふりかえると、桜木が立っていた。

「ああ、こんにちは」

大学入学後は、桜木とこんなふうにばったりと構内で会うことが月に一度くらいの割合であった。しかし、その日は同じ建物にいたのに、桜木の存在にはまったく気づかなかった。

「どうしたの」

私は首をかしげた。なにを問われたのか、分からなかった。

桜木は歩いてきて、私に並んだ。私たちはどこへともなく歩き出した。

「ずいぶんしょんぼりしていたね。なにかあった？」

桜木は言った。落胆はしていたけれど、外見から分かるほどとは思ってもみなかった。なんにもないと言いかけて、私は気が変わった。

「ちょっとね、将来について悩んでいたんです」

「将来？」

「私、どうも法律が合わないみたいなんですよね。司法試験はもちろんのこと、司法書士も無理かなあ、と」

「法律で食べていくつもりだったんだよね？」

「そう。でも、それが無理ならなにができるか分からなくて」

ミステリー小説の新人賞に落ちたことは、言う気になれなかった。

「普通の会社勤めは嫌なの？」

「嫌じゃないけれど、雇ってくれる会社があるかどうか」

桜木は、かすかに眉をひそめた。

「まだ月に二、三度、猛烈な頭痛に襲われるの？」

頭痛で欠勤が多くなる社員を雇わないんじゃないかと私が心配している、そう桜木は勘違いしたようだ。

「ううん。頭痛はそれほど障害ではないと思うんです。このごろは一年に数えるほどしか猛烈なのはないから。問題は年齢です。私、大学卒業する年には二十六歳になるでしょう。男子とちがって年齢制限にひっかかるんじゃないかなあ」

「そうなの？」

「そうですよ。日本の社会って、一度レールからはずれると、なかなかみんなと同じ地点に追いつけないようになっている。とくに女子には厳しいんですよ」

「いっそのこと就職せずに大学院に進んだら？」

「そんなこと無理ですよ。法律と合わないと言ったじゃないですか。それに、父が二年後には定年だから、学生なんかやっていられないし」

「そうか。お父さんはもう定年なのか」

いつの間にか私たちは、H大名物のポプラ並木まで来ていた。

雪がとけかかって大根おろし状態になっている並木道には、私たち以外誰もいなかった。なにを好き好んでこんなところをそぞろ歩いているのか、人が見たら、奇異に思っただろう。だが、私たちは足もとを気にすることもなく、まるで二人きりの場所を求めるかのように歩いていた。

「平野さんが理系なら、うちの研究室の実験助手ということもできるんだけれどなあ。生憎《あい にく》逆に僕が法学部で、法律事務所につてがあれば、そこに世話することもできるのに。生憎そういう職業とは無縁でね」

「そんなに深刻に考えないでください。桜木さんに就職を斡旋《あっせん》してもらおうとは思っていませんから」

ふと、桜木は立ちどまった。二、三歩歩いてからそれに気づいた私は、桜木のもとに戻った。

桜木は、なぜか太陽がまぶしいというような顔をしていた。薄曇っていて、まぶしいほどの光はなかったのに。

「どうしたの」

「いや……平野さんはきっと怒るよ」

「なに？　私にはむきそうもない職場への紹介を思いついたとか？　そんなことでは怒りませんよ。私、怒りんぼじゃないもの」

「ああ、そうだね。平野さんは、僕を一度も怒ったことがない」

そういえば、そうかもしれない。少なくとも直接的には。

「それでも、怒る可能性がある」

桜木は、石橋を叩いて渡る人のように慎重に言った。

私は、桜木を見つめた。桜木は顔をそむけなかった。とはいえ、まっすぐに私の目を見つめ返すことはなく、視線は揺らいでいた。

風がそよりと吹いて、桜木の額に無造作にかかっていた前髪を立たせた。すると、シーちゃんの顔がそこに現出した。三十代半ばの男性が中学生のシーちゃんの面影をいまだに宿しているのだ。親子じゃあるまいし、おかしな偶然だ。

私は、大根おろし状の道に目をむけた。

「言ってみてください。案外、飛びつく職場かもしれない」

「就職の話じゃない。それとも、就職の話なのかな」

最後のほうは独白だった。私は笑おうとして、声がかすれた。

そうだ。私にはあの時、確かに予感があったのだ。

だが、その時、遠くで弾けるような女性の声がした。誰かが近づいてきているようだった。

「うわっ、ひどい道だよ」

「長靴はいて出直してこようよ」

「そうだね」

声は遠ざかっていき、静寂が戻ってきた。

「私たちも行きましょうか」

私は気抜けして言った。桜木もうなずいた。


このままだったら、私と桜木はべつべつの道を歩いていったにちがいありませんでした。そして、そのほうがよかったのかもしれません、とくにあなたのために。

ところが、そうはなりませんでした。


母親が卵巣癌にかかっていると分かったのは、ポプラ並木で私と桜木がもどかしい会話を交わした直後だった。

当時はまだ患者本人に癌を告知することは希《まれ》だった。だから、私たち家族（といっても、兄は就職して東京に行ってしまっていたので、実質、私と父親だけだったが）も、母親には病名を隠してさまざまな処置を行うことになった。

卵巣癌を卵巣嚢腫《のうしゅ》と偽って、手術を受けさせた。だが開いてみると、病巣が広範囲で、転移もあったため、組織の採取にとどめ、そのまま閉じてしまうことになった。抗癌剤を投与して、癌を小さくしてから再手術をする方法が検討され、そうなると母親に隠しおおすことはむずかしくなった。

母親は、自分の病気を思いのほか平静に受けとめた。しかし、だからといって抗癌剤の副作用が軽くすむかといえば、そんなことはなく、むしろ人よりも激烈だったようだ。治療の間じゅう吐き気で一口も食べられなくなり、のたうちまわった。

母親は、抗癌剤の最初の一クールで決心した。

「こんなに苦しい思いをしてまで、長生きする必要はないわ。治療はやめる」

そう、母親は宣言した。

私たちはなんとかして母親に治療を受けつづけさせたいと願ったが、母親の意志は強固だった。

「十代二十代だったら、なんとしても生きたいと思ったと思う。子供たちがまだ幼かったら、やっぱり生きたいと思ったと思う。でも、私はもうすぐ五十五歳で充分生きたし、聡志《さとし》も史子も親を必要とする年齢ではないわ。これ以上生きなくてもいい」

諦めきれない父親は、

「聡志も史子も親を必要とする年齢ではないといっても、まだ結婚もしていないんだよ。せめて二人が結婚して子供ができるところまで見たいと思わないかい。孫を抱きたいと思わないかい」

とかき口説いたが、母親の答えは見事だった。

「人間、欲を言えば切りがありません」

凛然《りんぜん》と胸を張った姿は、これまで見たどの場面の母親よりも美しかった。

私は母親にもっと生きていてほしいと思ったけれど、母親がそこまで言うなら仕方がないとも思った。

兄は東京から電話をかけてきて、私にむかって怒りをぶちまけた。

『癌だと告知したから、悪いんだ。ただの病気治療だと言っておけば、多少苦しくても我慢したにちがいないんだ』

そうだったのだろうか。いまふりかえっても、そうだと思える時もあるし、そうでないと思える時もある。

だが、とにかく、母親は家族の懇願も医師の説得も受けつけなかった。座して、死の時を待った。

抗癌剤の治療は苦しかっただろうけれど、死の数週間前にはそれに匹敵する苦しみに見舞われた。それでも、母親は言った。

「苦しむのは一回だけでいい」

なるほど、抗癌剤治療で回復しても、再発する恐れは多分にある。そうすると、結局は抗癌剤治療の苦痛プラス死の間際の苦痛を味わうことになる。苦痛はできるだけ少ないほうがいいに決まっている。そうは言っても、母親のように雄々しく癌死を受容できる人は数多くないだろうけれど。

母親がこんなふうに死にたいして勇敢だったのは、生まれ育った環境になにかしら影響されているのかもしれない。

それがなんなのか、調べてみる機会はなかったけれど、私には母親と同じだけ死に立ち向かう勇気があるだろうか？

ある。なくてたまるか、と思う。母親の遺伝子を受け継いでいるのだから。

それはともかく、母親がそういう状態になったので、私は就職どころではなくなった。家事をひきうけ、母親の看病に専心した。単位をほとんど取り終えていたので、大学へも満足に行かなかった。

母親はできるかぎり自宅で療養したいと希望していたが、その年の十月になると食物が喉を通らなくなった。それで、H大の大学病院に入院した。

病院の待合室で桜木とばったり出会ったのは、その数日後だった。彼とはポプラ並木を歩いて以来、会うことがなかった。母親の病気が発覚して、私の登校がめっきり減っていたからだ。H大学病院にはしょっちゅう通っていたけれど、病院は同じH大の敷地内とはいえ、理学部からは離れた場所にある。

桜木は私を見ると、恐ろしく不安そうな表情で私に近づいてきた。

「どこか悪いの」

開口一番に言った。

「いいえ。桜木さんこそ」

「僕は年に一回の定期検診を終えたところ」

「母が入院しているんですよ」

「お母さんが？　なんで」

「末期の癌なんです」

桜木は、しばらく沈黙したあとに言った。

「どうして知らせてくれなかったの」

私は、母親の癌を桜木に知らせなければならないと考えたことは一度もなかった。

「わざわざ母親の病気を伝えるために桜木さんに会いにいっていいものかしら」

半ば独り言だったが、桜木は多少気を悪くしたように言った。

「いいに決まっているじゃないか。お母さんには会える？」

「ええ。会えますけど」

「なにか食べていいものとか悪いものとかはあるの」

「食べられないんですよ、もう」

「そんなに悪いのか」

桜木の表情がきりりと引き締まった。

何号室？　と聞き、あとで行く、と言い残して、桜木は足早に病院を出ていった。

母親の病床に戻って待っていると、二十分かそこらして桜木がやってきた。手に、花束を抱えていた。赤いカーネーションとかすみ草から成る、かわいらしい花束だった。

桜木は、私に花束をさしだしながら、母親にむかって言った。

「すみません。いままでご病気のことを知らなくて」

「私が知らせなかったんだから、知らなくて当然なのよ」

私は言い添えた。

母親は桜木が見舞いに来ると聞くと、鏡を要求した。乱れた髪を撫でつけ、私の持っていたファンデーションと口紅で化粧した。そうして、ベッドを六十度ほどあげて上体を起こし、いくらか元気そうに見せていた。

母親は、少し赤すぎる唇に微笑を浮かべた。

「来てくださってありがとう」

母親はかつて、私の人生を変えた張本人として桜木を憎んでいた。彼にたいする態度自体は、顔を合わせる機会が増えるにつれ徐々に軟化してはいた。ただ、心の底から許したのかどうか、この時まで私は計りかねていた。

「史子、早くお花を花瓶に挿してきて」

母親は命じた。花を挿すためには、共同の洗面所へ行かなければならなかった。それで私は、母親と桜木が二人きりになった数分の間になにが話し合われたのか知らなかった。

花を花瓶に挿して病室に戻ると、病室の空気が重さを微妙に増していた。水分子千個か二千個分ほど。

母親が慌てたように目もとを指先でぬぐった。そして、桜木のほうは額をハンカチでぬぐった。

「ありがとう。窓辺に置いて」

母親は私に指示した。

「それから、ベッドをもとに戻して」

「疲れましたか？　すみません」

桜木は椅子から立ち上がった。

「いいえ。とんでもない。これで安心して休めます」

休むというのが、なにか不吉な言葉に響いた。この日から一週間後に、母親は永遠の休みにつくことになる。

「史子も行っていいわよ。少し眠るから」

「分かった」

私は、桜木とともに病室を出た。

「ちょっと食事しない？」

桜木は誘った。

「まだ十一時ですけど」

「うん。でも、僕はゆうべの九時からなにも食べていないんだ、検査のために。食事が早いなら、平野さんは飲み物だけでもいいから」

それなら、と、私は桜木の誘いに乗った。

病院内の食堂ではなく、大学内の食堂でもなく、桜木は駅近くの小綺麗なレストランに私を連れていった。そこで桜木がオムライスを、私はチョコレートパフェを食べた。

最初、大学の単位についてあれこれ話題にしていたと記憶している。大学にからめて、就職の話もした。そうやって、どうでもいい（いや、本当はどうでもよくはないけれど）話のあとに、私はなにげないふうを装って切り出した。

「私がいない間、母となにを話していたんですか」

オムライスをスプーンですくいかけていた桜木の手がとまった。桜木はそのままスプーンを置いた。

「許してもらっていたんです」

私は小さくのけぞった。

「七年目の許し？」

桜木は水のコップを手にとり、一口飲んだ。

「そちらのほうは、すでに許してもらっていると思うけれど」

「じゃあ、なにを」

「結婚を」

心臓が一瞬、跳ねあがった。

十二月生まれの桜木は、三十五歳になろうとしていた。でも、まだ結婚していなかった。それまであえて結婚について尋ねたことはなかったけれど、この七年の間に恋愛のひとつやふたつしていないわけはなかった。

「桜木さんの結婚にうちの母の許しが必要だなんて、そんなのおかしいわ」

ただひとつの例外をのぞいて。

ポプラ並木での、ある種の予感を思い出した。

しかし、本当にそんなことがあるだろうか。あるとしたら、それはどういう感情からなのか。

桜木は顔を赤らめもせず、視線はいくぶんさまよいがちに、低い声で言った。

「結婚してくれませんか」

予感は当たった。私は、それは私にたいする贖罪の気持ちから出た言葉ですか、そう聞こうとして、飲み込んだ。私たちの間では事故の被害者と加害者の関係は、とっくの昔に解消したはずだ。

桜木は、私を一人の女性として結婚したいと思っているのだ。そうにちがいない。そうでなければならない。

私は、こんな決めつけをしてはいけなかったのだ。将来を左右する大事な場面だったのだから、洗いざらいお互いの心をさらけだすべきだったのだ。でも、私は、桜木の心を不問に付した。自分の心だけ、問題視した。

桜木をどう思っているのだろう、自問自答した。事故の加害者だと知っても、憎悪や怨嗟《えんさ》の感情が湧いてこなかった。一緒にいることが厭《いや》じゃないどころか、楽しくさえあった。それはなぜなのだろう。

いまの私なら、理由に見当をつけられる。でも、そのころの私には謎でしかなかった。

知り合ってからの桜木を順繰りに思い返した。セールスマンかなにかだと思った出会い、病院での土下座、私の要求による毎週の訪問、二十歳のバースデイカード、礼状と電話。あの時、桜木の声は弾むようだった。そして、私の声も弾んでいたと思う。私は、ずっと桜木に会いたかったのだ。数学の家庭教師になってほしいという依頼だって、半ば桜木に会うための理由づけのようなものだった。

私は、桜木に恋している？

でも、と、そこで私は断定しきれなかった。二十五年の人生の中で、私の恋の経験はたった一回きりだった。そして、その恋は、身が千切れるような、燃え上がるような激しいものだった。それこそが恋だと、私は信じていた。桜木にたいする感情は、あまりに穏やかで静かすぎた。会いたくて眠れないとか、夢の中でさえ彼を求めるとか、そういうことは一切なかった。

それとも、桜木への恋は異性にたいする通常のものだから、とりたてて過剰な情熱を必要としていないということなのだろうか……。

私の長い黙考に気詰まりになったのか、桜木は彼には珍しくべらべらとしゃべりだした。

「年が十も離れているし、十四時間労働の職場に勤めているし、結婚相手として不満かもしれないけれど、僕としては結婚するなら平野さんしかいないとずっと思っていて」

「そうなんですか」

それはいつからですか。そう聞くチャンスだった。

まさか結婚は母のほうから持ち出して、それで桜木さんはその気になったんじゃないでしょうね。そう問い詰めることもできたのだ。

けれど、私はその一言に、なんだか頭が弛緩《しかん》してしまった。やはり桜木は、一人の女性として私を望んでいるのだ。それならば、この物静かな感情を恋と名づけて前に足を踏み出してもいいのではないか。そう考えた。

私と桜木は、その週の日曜日に結婚した。母親の病室で、ウエディングドレスとタキシードに身を包み、結婚指輪を交換した。私の両親だけに見守られたささやかな式だった。式の直後に母親は昏睡《こんすい》状態に陥り、二日後に永眠した。


桜木との結婚生活は、波のない湖面のような平穏なものでした。思い返せば、あのころが一番私の幸福な時代だったかもしれません。

ただ、桜木がプロポーズの時に口走っていた十四時間労働の職場というのは控え目な表現で、実際には桜木はそれよりさらに長い時間大学にいることがほとんどでした。私は暇をもてあましてすごすことになりました。


翌年大学を卒業すると、私は専業主婦の立場になった。

桜木は朝の八時に家を出ていって、夜の十一時十二時に帰ってくる生活だった。私は、実家で父親のために家事をしても、なお一人の時間をもてあました。

実家で同居する話もなくはなかったけれど、桜木の帰宅の遅さを考えると、大学のそばに住むという選択をするしかなかった。桜木は事故を起こして以来、車の運転をやめていたからだ。積雪がないかぎり自転車で通勤していた。

夜、しんと静まりかえった家の中で、私はこつこつと文章を書きためるようになった。文章、というのは、ミステリー小説だけれど、当初は文章としか呼べないしろものだったのである。

妊娠したのは、結婚から一年後のことだった。

結婚すれば子供ができても不思議はない。でも、私は、自分が母親になるということが信じられない気分だった。子供が嫌いではなかったし、妊娠が嬉しくないわけでもなかった。けれど、一時は死ぬことしか考えなかった自分の中から新しい命が生じるのかと思うと、おかしな気持ちがした。

桜木は素直に喜んだ。妊娠を告げた時、なんと万歳三唱したくらいだ。

「そんなにほしかったの？」

「そりゃあもう、一刻でも早く。じゃないと、父親かおじいちゃんか分からなくなっちゃうからね」

体を大事にしなきゃ、と桜木は言った。しかし、朝から晩まで研究室にいつづける生活を変えたわけではなかった。

妊娠は順調に進み、安定期に入ると、私の退屈はいっそう高じた。

赤石さんから電話が来たのは、四月はじめのことだった。一九八三年の四月。

『学習会に出てみない？』

「学習会って、なんの」

『エネルギー問題』

ははーんと思った。

数年前から、北海道でも原子力発電を導入しようという動きがあることは知っていた。一九七九年にアメリカで原発事故があったこともあって、原発反対の声が大きくなっていることも知っていた。電力会社社員の赤石さんがどんな部門にいるのか分からなかったが、市民の原発にたいする理解を深めるための仕事でもしているのだろう。

私は原発にさして関心がなかったけれど、やはりアメリカの原発事故の記憶からいい印象はもっていなかった。

『ちゃんと勉強すれば、印象が変わるわよ』

赤石さんは請け合った。

請け合われたからではなく、退屈だったから、私はその勉強会に出かけた。ホテルの大広間での開催で、コーヒーつきだった。

赤石さんは、受付にいた。

赤石さんは私のおなかに視線をとめ、私は赤石さんの左手の薬指に目をひきつけられた。瑪瑙《めのう》の指輪が光っていた。

「もしかして、それ婚約指輪？」

赤石さんは、にっこり笑ってうなずいた。とうとう失恋の痛手を癒してくれる相手が現れたのだ。私はVサインを出した。

「そのうちゆっくり話そう」

「うん」

公の場だから、それ以上の言葉は交わせなかった。私は幾種類ものパンフレットを受けとって、会場に入った。

コーヒーを飲みながら、学習会の議事進行を眺めた。

二時開始：主催者挨拶、二時十分～二時四十分：「我が国のエネルギー事情」講師・神山努《かみやまつとむ》H大教授、二時四十分～三時：映画上映、三時～三時十分：休憩、三時十分～三時四十分「原子力発電の可能性」講師・田中春一郎T大助教授、三時四十分～四時：質疑応答

二番目の講師のところで、目が釘付《くぎづ》けになった。

田中春一郎？　どこかで聞いた名前だと考えたのは、ほんの一瞬だった。頭の片隅に

あった小さな神経細胞が、いきなり発火した。札幌に移ったからといって、私はシーちゃんの記憶を捨てたわけではなかった。普段は眠ったように静かなひとかけらの脳細胞にしまいこんであったのだ。シーちゃんにまつわる、もろもろのことを含めて。田中春一郎は、シーちゃんの前世の恋人の名前だ。

だが、まさか、同一人物のわけがあるだろうか。田中春一郎は平凡な名だ。「春」と書いて「しゅん」と読ませるのは、さほどない名前かもしれないけれど。

そうだ。シーちゃんは、田中春一郎が原子力発電の研究をしようとしていると言っていた。

田中春一郎は、原子力発電の研究者になったのだ。

いや、しかし、シーちゃんと田中は七歳ちがいだったはずだ。とすると、いま田中は三十四歳かそこら。講師の田中は、助教授（いまの准教授）とある。助手ならいざ知らず、三十四歳で助教授になれるものだろうか。桜木は今年三十七歳だが、つい先日助教授になったばかりで、それでも早いほうだと言われているのだ。

田中助教授が登壇するのが待ち切れなかった。

田中春一郎の顔はたった一回見たきりだった。それも十数年も前のことだ。しかし、それでも、私は田中助教授がシーちゃんの前世の恋人なら一目で分かる自信があった。

神山教授の石油エネルギーのみにたよっていては危険だという力説も、原子力で発電する仕組みを解説した映画も、上の空だった。学習会で配られたアンケートには「よく分かった」のところに○をつけたけれど、分かるほど見ても聞いてもいなかった。

いよいよ、田中助教授の番が来た。客席の最前列から立ち上がった細身の男性が、マイクの前に立った。

秀でた額と鋭い鷲鼻、きりりと上がった目尻の侍のような面立ち。

私は深く息をついた。まちがいなく、シーちゃんの想い人《おもびと》の田中春一郎だった。

札幌に来てから一度もシーちゃんに連絡しようとしなかったわけではなかった。

高校三年になる春休み、私をとりあげてくれた大叔母が死亡し、私は母親と一緒にお葬式に出席するため上京した。その時に、シーちゃんのうちに電話した。すると、『この電話番号はただいま使われておりません』という声が返ってきた。

足もとをすくわれた気がした。官舎住まいだった我が家が転居することはあっても、持ち家だったシーちゃんの一家が転居することはないと思っていた。いつでもそこに行けばシーちゃんに会えると信じていたのだ。

あるいは、シーちゃんの家の近所まで出むけば、半田家がどこへ行ったか、誰かに教えてもらえたかもしれない。だが、当時の私にはそこまで知恵がまわらなかった。それっきり、私はシーちゃんを見失ってしまったのだ。

そしていま、シーちゃんへの手がかりが出現した。

田中は一礼してマイクを持ち、

「ご紹介にあずかりました田中です。私は原子力発電のもつ可能性について述べさせていただきます」

落ち着いた声で話しはじめた。大人の親指の先程度の大きさのものを、演台からとりあげて客席に示す。

「これが燃料である二酸化ウランを入れる、実物大のペレットです」

なにやら自慢げに、ペレットとやらを持つ左手を動かす。その薬指が、ちかりと天井のシャンデリアの光を反射した。

結婚指輪だ。

私は軽い目眩《めまい》を感じた。あの結婚指輪は、誰と交わしたものだろう。

シーちゃん？

そうに決まっている。前世の恋人同士が巡りあって、愛が再燃しないなんてことはありえない。

シーちゃんはすでに結婚している。

私の胸は騒いだ。その騒ぎに水をかけてくれたのは、おなかの中の赤ん坊だった。会がはじまってからずっとおとなしくしていたのに、ぽんと、私のおなかを一蹴りしたのだ。

私は、現実に、つまり一九八三年の四月の時点にひき戻された。

私が結婚したくらいなのだから、シーちゃんが結婚していてもおかしくはない。どんな主婦になっているだろう。子供はいるだろうか。田中春一郎に聞くのが楽しみだ。もしも家族の写真を持ち歩いているなら、是非とも見せてもらわなければ。そんなことを思いながら、田中の話が終わるのを待った。

勉強会は、おおむね時間通りに終了した。質疑応答では、二、三、安全性にかんする質問が出たが、そもそも原発にたいしてなんらかの意見をもっている人が集められたものではなかったらしく、紛糾することはなかった。ふーん、ま、そんなに安全なら、原油が枯渇する前に原子力を導入しておくのも悪くないかもね、そういった空気が会場を支配していた。

私は、終了の挨拶が終わると同時に会場を出て受付へ行った。赤石さんをつかまえた。

「講師の田中さんに紹介して。話がしたいの」

「え、なに、質問？」

「ううん。友人の知り合いなの」

「へえ、そうなんだ。でも、ここが終わったらすぐに泊村《とまりむら》へ行ってもらうことになっているから、そんなに時間はとれないと思うよ」

「ちょっとでいい」

私は、赤石さんにともなわれて会場に戻った。会場内はごった返していたが、赤石さんは田中を首尾よくつかまえて、

「この方がお話があるということです」

他人行儀な紹介の仕方をした。

田中は愛想よくうなずいた。

「なんでしょう」

「私、桜木史子と申します。シーちゃん、半田忍さんの中学時代の友人です」

田中の口もとの微笑がかすかに歪んだ。なぜだろうと思ったが、深く考えずにつづけた。

「田中さんは忍さんの従兄さんですよね？　そして、いまはご主人？」

田中は大きく目を見開いて、返事をしなかった。急ぎすぎたかなと思い、言い直した。

「実は私、中学二年の時に札幌に転居したんです。それから間があったんですが、一九七四年に上京した折に、忍さんに電話したんです。そこではじめて、忍さんと連絡がとれないことが分かって……忍さんのご一家って、どこへ引っ越しちゃったんでしょう」

いや、半田家がどこに引っ越したかなど、この際どうでもいいことだ。

「忍さん、お元気ですか」

それが一番知りたかったこと。

田中は、二、三度まばたきした。それから、ややぎこちない調子で言った。

「私もそれを知りたいですね」

「え」

「私も、忍……さんがどこへ行ってしまったのか知らないんですよ」

「なぜ。結婚なさったんじゃないんですか」

「結婚？　私と忍さんが？　まさか」

「でも、じゃあ、その指輪は」

田中は、右手で左手をおおった。

「忍さんとは無関係です」

「半田さんのご一家になにがあったんですか。従兄なのに、忍さんがどこに行ったか分からないなんて嘘でしょう」

思わず口走った。田中は、憤然とした表情になった。

電力会社の社員だろう、中年の男性がやってきて、

「先生、そろそろ」

と田中に言った。

田中はうなずいてから、早口で言った。

「火事を出したんです。一九七四年の二月に。それでおじさんが亡くなって、一家散り

散りに……その過程で忍さんが行方不明になったんです。叔母さん、忍さんのお母さんも、彼女の行方が分からないんですよ」

失礼、と言って、田中は去っていった。

私はしばらく茫然とその場に立っていた。

なんということだろう。私が自動車事故に遭ったその年、シーちゃんも過酷な運命に見舞われていたのだ。

それにしても、シーちゃんはどこへ行ってしまったのだろう。なぜ田中のそばにいなかったのだろう。

いや、こう問うべきか。なぜ田中は、シーちゃんに救いの手を差し伸べなかったのだろう。シーちゃんが逆境に陥った時にこそ、本領を発揮すべきではなかったのか。運命の恋人としての本領を！

私は憤りつつ、さらに詳しい状況を知りたいと願った。T大気付で田中宛に手紙を出した。返事は来なかった。

そうこうするうちに優紀が生まれ、私は母親になった。

あなたも知っていることでしょうが、赤ん坊というのは想像以上に手数のかかるものです。

私は子育てに追われ、しばらくシーちゃんのことを考える余裕がありませんでした。日に日に大きくなっていくあなたと暮らしながら、私は幸せでした。にもかかわらず……。

桜木の父親は私たちが結婚する以前に亡くなっていたけれど、母親は存命だった。優紀が生まれた時、七十二歳だったが、母親も女きょうだいもいない私を案じて、出産の前後には手伝いに来てくれた。

結婚前はもちろん、結婚後もほとんど会ったことのない人だった。詳しく言えば、結婚三カ月目に新婚旅行をかねて上京し、義母を含む桜木の親族と顔合わせした。その時に会ったきりである。だから、長期間ひとつ屋根の下で暮らすことに不安を覚えた。しかし、実際に同居してみると、義母は温和で分け隔てのない人だった。私は、本当の母親以上に義母に親しみをもった。

義母が札幌に転居する話も出たが、ずっと一緒に暮らしていた長兄のところでも義母はなくてはならない人だった。それで、優紀が三カ月になるころに東京へ帰っていった。

その義母が倒れたという知らせが来たのは、翌年の六月。優紀がはじめて立ち歩きしたと喜んでいたところへの悲報だった。

脳内出血で昏睡状態。出血場所が悪く、人工呼吸器で命をつないでいる状態だということだから、残された時間は少なかった。

桜木は自分一人で行くと主張したけれど、私もどうしても最後に一目義母に会っておきたかった。それで、家族そろって上京することになった。

義母は、私たちを待っていたかのように、私たちが枕辺に到着して一時間後に亡くなった。

病室には、長兄の一家と次兄の一家と姉夫婦がそろっていた。

桜木の二歳年上の姉とその夫の間には、子供がいなかった。四歳年上の次兄には小学二年生と三歳の男の子がいた。そして、七歳年上の長兄には中学三年生の男の子と中学一年生の女の子がいた。

私は、その中学一年生の義理の姪《めい》を目にした時、頭にすべての血が集まるのを感じた。シーちゃんが出現したのかと錯覚しそうになったのだ。

二年半近く前、上京の折に会った時は、まだおかっぱ頭の小学生で、シーちゃんと似ているふうでもなかった。けれど、知っていたころのシーちゃんと同じ年ごろになった姪は、髪の毛を肩までのばし軽く外巻きにしているところまで、シーちゃんにそっくりだった。

考えてみれば、桜木はいい年の男性なのに、シーちゃんの面影を宿していたのだ。彼の親族の中にシーちゃんによく似た子がいたとしても、まるきりありえない話ではない。

それにしても、こんな時にシーちゃんとそっくりの子に出会うなんて。

私は、姪の顔をなるべく見ないですまそうとした。しかし、姪は優紀に興味を示して、優紀に、つまり私にしきりにまとわりついた。

私は、義母を亡くした悲しみのただ中で、十五年前の恋に全面的にむきあう羽目に陥った。むきあってしまえば、いままで鎮まっていたのが信じられないほど、その恋は燃え上がる力強さを残していた。

いや、その時の私は、まだ自分自身に不誠実だった。胸をちりちりと焼く思いを、燃え上がる余地のある恋だとは認めていなかった。田中からシーちゃんが行方不明だという話を聞いたあと、気にはしていたけれど、自分の幸せにずるずるとかまけていた。田中と同じくらい、私もシーちゃんにたいして不実だったのではないだろうか。そう考え、シーちゃんを思い出さずにいられないのは、疚《やま》しさからだろうと思い込んでいたのだ。

桜木は研究室が忙しく、葬儀がすむとすぐに帰らなければならなかった。しかし、ここで私は我儘《わがまま》を言った。久しぶりの東京なので二、三日いたい、と。

義母の血を受け継いでとてもやさしい桜木は、私の我儘を快く許した。

私は奥多摩の母方の親戚宅に泊めてもらうつもりだった。しかし、桜木の姉が自宅に泊まるようにしつこいほど勧めてくれた。子供のいない義姉は、優紀がかわいくてたまらないようだった。

「たまには子育てから解放されて、遊ぶのも悪くないんじゃない？」

そう言ったのは、私への親切心というよりも、優紀を独占してみたいとの思いからだったようだ。

育児をしたことのない義姉に優紀をあずけることに懸念がなかったといえば、嘘になる。しかし、それよりも一人で行動できることに魅力を感じた。優紀を連れて歩いていれば、なにもできずに一日が終わってしまったにちがいない。むろん、そのほうがよかったのだけれど。

私は翌日、シーちゃんの住まいがあった町を訪ねた。シーちゃんと連絡がつかないと分かって十年目にして、やっと行動を起こしたのだ。

約十五年ぶりのその町は、案外変わっていなかった。ただ、ここにあったはずと見当をつけて探しまわったシーちゃんの住居跡には、なかなか辿《たど》りつけなかった。

シーちゃんの部屋の窓から見えた茶色の瓦屋根の家屋、つまり田中が下宿していた家のほうが先に見つかった。そこから逆にシーちゃんの家の跡が割り出せた。その場所には、四階建ての細いビルが立っていた。なぜか橙色系のタータンチェックのカーテンとベッドカバーが脳裏に閃いた。あの部屋が本当になくなってしまったのだなあと、いまさらながら胸が詰まった。

私は、思い切って田中の下宿先だった家のチャイムを押した。

中島という表札のかかった家から出てきたのは、七十歳前後の女性だった。気さくそうで、いかにも話し好きといったタイプだ。

この年齢なら、半田家の火事の記憶をもっているにちがいないと、私は確信するとともに下腹に力をこめた。

「あの、あそこのビルなんですけれど」

私は、半田家の敷地に立ったビルを指さした。

「ああ、メゾン・タガミね。あのマンションがどうかした？」

「十年前はあそこに半田さんという一軒家が建っていたと思うんですけど」

中島さんは、じろりと上目遣いで私を見た。

「なにか調査しているの？」

「調査じゃありません。私、半田さんのお嬢さんの中学の同級生だったんです。いろいろあって音信が跡絶えていたんですが、懐かしくなって久々に訪ねてきたらビルになっていて、どうしたのかと」

火事の件を知っているとは言わずに、説明した。

中島さんは表情をゆるめた。

「ああ、そうなの。それは驚いたでしょう。半田さんのおうちはちょっと不幸なことがあってね、引っ越してしまったんですよ」

「不幸なこと？」

中島さんは、周囲に視線を泳がせた。

「しゃべっちゃっていいのかな。まあ、いいわよね、もう十年も前のことなんだし」

それでも、心持ち声をひそめた。

「実はね、火事で家が全焼し、お父さんが焼死なさったのよ。それで家を建て直すこともなく、引っ越しちゃって」

「火事って、なんでまた」

「それがね」

中島さんは体をもぞもぞ動かした。

「いいのかなあ、こんなこと、娘さんの同級生に言っちゃって」

しゃべりたいという思いが顔に出ている。

「教えてください。忍さんがどうなったのか、知りたいんです」

「うーん。その忍さんがね、おうちに火を放ったのよ」

聞きまちがえたのかと思った。

シーちゃんが火を放った？　あのマンガのヒロインのようにきれいでマイペースなシーちゃんが、自分の家を燃やした？

「どうしてそんなことを」

「よく分からないけれどね、若い女の子の気持ちは。八百屋お七《しち》みたいなこともあるし」

充分に分かっていそうな口ぶりだった。

八百屋お七という言葉を出したところをみると、恋愛がらみなのだろうか。とすると、田中と関係がある？

そうなのかもしれない。だからこそ、田中の下宿先だった中島さんは、半田家の事情を詳しく知っているのではないだろうか。

「田中春一郎さん」

私はその名を口にしてみた。中島さんの右の頰がひくりと動いた。

「田中さんのことも知っているの？」

「シーちゃん、忍さんから聞いていましたから。シーちゃんは田中さんと結婚するのだとばかり思っていました」

中島さんは目を見開き、それから首を小刻みに縦にふった。

「やっぱりそういうことだったのね」

「え、どういうことです？」

「いいえ。それで、娘さんが頭にきた原因がはっきりしたわ。といっても、なんで家に火をつけなきゃならないのかは理解できないけれど」

「頭にきた原因というのは？」

「田中さん、婚約したのよ、火事の直前に」

「誰とです」

「研究室の教授のお嬢さんと」

田中にかんして疑問に思っていたことが、氷解したような気がした。

「だから、三十四かそこらで助教授になったのね」

「田中さん、助教授になったの？」

「ええ。ごぞんじありませんでしたか」

「あの子、引っ越してしまったら、全然音沙汰なしですもの。そう、助教授なんだ」

田中は将来の出世のために、前世の恋人ではなく、研究室の教授の娘を選んだのだ。

シーちゃんが家に火を放った理由も分かった気がした。おそらく、その場には結婚を報告に来た田中もいたのだろう。シーちゃんは、田中に前世での関係を思い出させるために、火をつけたのだ。自宅を、炎上する会津若松城に変えようとしたのだ。

しかし、田中の気持ちは変わらなかった。粛々と出世にむかって邁進《まいしん》した。

後年、「桜姫東文章《さくらひめあずまぶんしょう》」という歌舞伎を観《み》たことがある。相思相愛の僧と少年が来世で結ばれることを願って心中する。僧は死にそこなうが、少年は死んで桜姫に生まれ変わり、僧に愛される。しかし、桜姫のほうは僧を殺して前世との縁を断ち切る、という話だ。

前世を断ち切った桜姫に拍手を送ることなど、できなかった。僧があまりに哀れではないか。もっとも、僧のほうは死にそこなったのだからシーちゃんとは立場が異なるし、桜姫は出世欲にとりつかれた田中とちがってどこまでも堕《お》ちていくのだから、むしろ清々《すがすが》しい心根なのだが。

「忍さんがその後どうなったか、ごぞんじありませんか」

「まあ、家に火をつけてお父さんが亡くなったのだから、それなりに警察沙汰よね。パトカーに乗せられていったのを見たのが最後ね。刑務所に入ったんじゃないのかしら」

「そうですか」

ありがとうございますと頭を下げて、中島家を辞した。

警察沙汰、刑務所、およそシーちゃんに似つかわしくない単語の羅列に、悪夢をみている心地がした。空洞と化した大地を歩いているようで、足もとが覚束《おぼつか》ない。どこをどう辿ったのか、気がつくと私は喫茶店でコーヒーを前にしていた。コーヒーは少しも減らないまま、冷たくなっていた。

人生からシーちゃんを見失った。いまさらながら喪失感に襲われていた。それならば、どうして札幌に転居する前にちゃんとシーちゃんと真正面からむきあわなかったのか。

失うことが恐かった。でも、結局失ってしまった、思いもかけない形で。

心の中をひっくり返して子細に見れば、その気になって半田家に行けば必ずシーちゃんと再会できると、延々と妄信しつづけていたのだ。まるで、シーちゃんと自分の間に前世からの約束があったとでもいうように。

しかし、そんなものはなかった。前世の恋人だって、行方を見失ったのだ（捜そうとしなかっただけかもしれないが）。無関係の私が永遠に会えなくなったとしても、不思議はない。

冷めきったコーヒーに口をつけた。苦いだけの泥のような味。

だが、本当に捜しようがないのだろうか、ふとそう思った。

ご近所まで火事がシーちゃんの仕業だと知っている以上、警察もただの失火だとは見なさなかっただろう。放火は重罪だから当然裁きにかけられるが、シーちゃんはまだ十代だったから少年法が適用される。刑務所ではなく、少年院に送られただろう。

女子用の少年院は、それほど多くなかったはずだ。半田忍という名前と起こした事件によって、入っていた少年院を割り出すのは比較的容易にちがいない。プロが調査をすれば、少年院を出てからの足跡を辿ることも可能ではないだろうか。

プロに調べてもらおう。

店の電話帳を使って、探偵事務所を探した。喫茶店の近くに一カ所、見つかった。

「豊島《としま》探偵社」という、区の名前を冠した社名だ。ある程度大きな探偵事務所なのではないだろうかと当たりをつけた。

しかし、行ってみると、豊島探偵社は、エレベーターがぎしぎしと音をたてるような古い、ペンシルビルの中にあった。

ミステリー小説を書いていれば、探偵や探偵事務所とは縁遠くない。しかし、プロのミステリー作家でも、実際に探偵事務所に足を踏み入れることなどほとんどないのではないだろうか。

一介の主婦でしかなかった私は、恐る恐る事務所のドアを開いた。怪しげだったら、すぐに逃げるつもりで首だけさしいれた。

「いらっしゃいませ」

柔らかな声がかかった。

室内にいくつかあった机のひとつから、女性が立ち上がり、私にむけてにっこりと笑った。五十代後半とおぼしい、パートで働いている主婦といった雰囲気の女性だった。

大きな窓から燦々《さんさん》と陽《ひ》が差し込み、とても明るい感じの室内だった。

私は、体全体をドアのむこう側に入れた。そして、彼女がこの探偵社の社長だと知ることになった。

豊島探偵社を訪ねた時は、ただシーちゃんの行方を知りたい一心でした。シーちゃんが見つかったらどうするかなど、考えてもいませんでした。本当です。

報告まで、ずいぶん待たされました。でも、とうとうその日は来てしまったのです。


札幌の短い夏が終わり、そろそろと秋風が立ちはじめた日のことだった。

桜木は学会で二泊三日の予定で大阪へ行っていた。

優紀がおじいちゃんを大好きなので、実家に泊まりにいった。

桜木の戻りに合わせて自宅に帰ってくると、郵便受けに簡易書留の不在通知書が入っていた。差出人が藤田《ふじた》とあったので、首をかしげた。まったく知らない名前だった。

郵便局に電話をかけ、再配達をたのんだ。時間が遅かったので、翌朝になるとのことだった。

桜木は夜の八時すぎに帰宅した。優紀のための大きな熊のぬいぐるみを手にしていた。

優紀はもう眠っていた。しかし、子煩悩な桜木がほっぺにキスをすると、優紀は目をぱっちりと開いた。大好きなパパを眼前にして、しかも熊さんまで現れたので、もう眠ってはいられなかった。一時間近く遊んでしまった。

「駄目じゃない、眠った子を起こしちゃ」

私は母親らしく文句を言った。

桜木は「ごめん」と言ったあとに、ちょっとおどけた口調でつづけた。

「でも、眠りすぎて早く育ってもらっても、寂しいなあ」

「そう言われればそうね」

つくづく二人で優紀の寝顔を眺めた。

普段は桜木の帰りが遅いので、こんなにゆったりした時間をもつことはなかった。しみじみとした空気が二人の間にかよった。それが桜木との最後の親密なひとときになるとは、その時は思ってもいなかった。


翌日十一時ごろ、簡易書留が再配達された。

差出人は、豊島探偵社の藤田とあった。藤田というのは、シーちゃんの捜索を担当した探偵の名前だったのだ。

探偵からの郵便と知って、急に心臓が音高く打ちはじめた。震える指にハサミを持って、丁寧に封を切った。

入っていたのは、B５の用紙一枚だった。タイプ書きされた文字が何行にもわたって並んでいた。

私は一行目を読み終えるのももどかしく、最後のほうの行に視線を走らせた。

「一九八四年六月〜　台東区《たいとう》××のスナック・アキに勤める。同時に台東区×××

北原荘二〇一号に転居。現在に至る。」

シーちゃんの居場所が分かった。膝から下の力が抜けて、私はその場に座りこんだ。

それから、一行目に戻って順に報告書を読んでいった。

放火のあと、シーちゃんは普通の少年院ではなく、治療を必要とされる医療少年院に送致されていた。

きっと前世の記憶についてしゃべってしまったのだろう。それで、精神が病んでいると判断され、医療少年院送りになったにちがいない。ただ半年ほどで出ているから、わりと早く前世の記憶を撤回したのだと思う。本心からの撤回だったかどうかは疑わしいけれど。

少年院を出たあとは、群馬の父方の実家のもとに引き取られたようだ。そこで高校にも入り直している。

一九七七年に高校を卒業すると（奇《く》しくもそれは私が大学入学資格検定試験に合格した年だ）、東京に戻り、小さな印刷会社に入社した。ここには四年余り在籍したようだ。

しかし、なにがあったのだろう。一九八一年の五月に退職すると結婚するわけでもなく（私はこの年に結婚した）転居し、半年ほどして（おそらく失業保険が切れたことで）スーパーマーケットの店員となり、だがたった三カ月足らずでやめ、それ以後は職と住まいを転々とするようになった。スナック・アキに勤める前にはピンクサロンという文字まで記されていた。

私はしばらく報告書を手に、放心していた。

ベビーベッドで優紀がなにか言っていた。しかし、私の意識から優紀の声は遠かった。

そのうちにズドンという大きな音がして、優紀が泣き声をあげた。

ベビーベッドをふりかえると、優紀がベッドから床に落ちていた。ベッドからおりたかったのに、母親に無視されたものだから、一人でおりようとしたらしい。優紀はとても活発な子だった。

慌てて駆け寄り、抱き上げた。幸い、おかしな落ち方はしなかったらしく、どこも痛めていないようだった。

「馬鹿ね。まだ一人でおんりできないでしょう」

叱ると、優紀は泣きやんで不服そうな顔をした。その顔が愛らしくて、思わず頬ずりした。

私は、優紀を愛していた。心の底から愛していた。

それにもかかわらず、心はシーちゃんのもとに走っていた。一目でいいから、シーちゃんに会いたいと思った。

優紀を連れて上京する？

六月に上京した時は桜木もいたから、それほど大変な旅ではなかった。ただ、帰りは二人旅になった。おむつやミルクを入れた大きな荷物と優紀を一人で抱えるのは、けっこうきつい仕事だった。あれから優紀の体重はさらに増えているし、しかも見知らぬ町を歩きまわることになる。想像するだけで困難な旅になりそうだ。

しかし、本音を言えば、旅の困難さで優紀を連れていくのを躊躇《ちゅうちょ》したのではなかった。不幸な人生を送っているとしか思えないシーちゃんの前に、愛する娘とともに現れることに疚しさを覚えたのだ。どこからどう見ても、いま私は限りなく幸せな主婦だ。

私は、自分でも信じられないような大胆な行動に出た。義姉、つまり桜木の姉に電話して泣きついたのだ。

「とても世話になった小学校の担任の先生が危篤だという連絡が来て、お見舞いのために上京したいんですが」

嘘の口実を平然と口にした。

「優紀を連れていくんですが、病院ですので、邪魔になると思うんです。少しの間、あずかっていただけませんでしょうか」

もともと優紀に愛着を抱いていた義姉は、二つ返事で承知した。

『少しの間と言わず、一晩でも二晩でもどうぞ。もちろん、史子さん、うちに泊まってくださいね』

しかも、羽田《はねだ》まで優紀を迎えにくるという申し出までしてくれた。

やさしい人を騙《だま》す心苦しさよりも、シーちゃんに会える可能性に胸が震えた。

携帯電話のある時代ではない。研究室の電話口に桜木を呼び出すのは、よほどの場合にかぎるというのが暗黙の了解になっていた。表面的には恩師の見舞いに急に上京するというのは電話をかけてもいい部類に属するだろう。しかし、夫相手に、義姉にたいしてしたように平気で嘘を並べたてることはできそうもなかった。短い置き手紙を書いた。

「小学校時代の恩師が危篤という報が入り、上京します。お義姉《ねえ》さんのところに泊めていただく手筈《てはず》になっています。

場合によっては二、三日帰れないかもしれません。申し訳ないけれど、よろしく。」

そして、その三時間後には東京行きの旅客機に乗っていた。

羽田で義姉に優紀をあずけると、すぐさま探偵社からの報告書にあった台東区内の住所にむかった。

最寄りの駅についたのは、夕方の六時をすぎたところだった。この時間なら、住まいよりも勤め先にいるかもしれない。

あらかじめ地図で調べてもよく分からなかった北原荘とちがって、スナック・アキは駅の間近だと見当がついてもいた。私はまずスナック・アキへむかった。

スナック・アキは、繁華とは言えない商店街の片隅にあった。小さな二階建てが三軒並んだうちの右端で、店の前に出たスタンドにはすでに淡い光がともっていた。もうじきシーちゃんに会える。

店のドアをあけようとして、はじめてためらいが生じた。なんの理由も告げず、急に言葉を交わすことすら避けるようになった友人を、シーちゃんはどう思っているだろう。もしかしたら、すっかり嫌いになっていて、私はけんもほろろに追い返されてしまうかもしれない。

シーちゃんの行方が分かってからスナックの前に立つまでは、ただシーちゃんに会いたい一心だったのに、不安に浸された。

会わずに、義姉のもとへ行こうか。

いや、ここまで来たのだ。もしシーちゃんが立腹していたら、心の底から謝ろう。立腹していなかったとしても、心の底から謝ろう。本当の理由は言えないけれど。

私は決心して、店のドアを開いた。

薄暗い。

カウンターのむこうに、女性が一人立っているのが見えた。シーちゃんかと、一瞬息をつめた。

しかし、目が慣れると、その人は四角張った輪郭の顔をしていることが分かった。どんなに顔立ちが変わっても、卵形の輪郭が四角くなることはないだろう。それに、長い巻き髪を栗色《くりいろ》に染め、真紅のブラウスを着ているけれど、年齢は四十代後半くらいだ。シーちゃんではありえなかった。

「なにか用かしら」

女性が不審そうな声を出した。無意識で長いこと見つめてしまっていたようだ。

「あ、すみません」

客として中に入るべきなのだろうか。それとも率直にシーちゃんについて質問すべきなのだろうか。迷いつつ、カウンター席についた。

店内にはカウンター席しかなく、それも五脚の椅子があるだけだった。そのどれもがあいていた。

「いらっしゃいませ？」

女性の語尾があがったのは、私が客かどうか見極められなかったからだろう。

「ビールを、グラスで」

女性は、グラスとは言いがたいコップにビールを注いで私の前に置いた。

ビールに手をつけるつもりはない。自殺未遂以来、アルコールは口にしていない。

「あの」

「なにかしら」

「半田忍さんのことで」

「半田忍？」

「こちらに勤めている半田忍さんです。彼女は今日はまだ来ないんでしょうか」

「ああ、シーちゃんのことね」

シーちゃんは、ここでもシーちゃんと呼ばれていたのだ。中学校時代、彼女をシーちゃんと呼んでいたのは私一人だったのだけれど。

女性は眉をひそめた。

「三日前から無断欠勤なのよね」

「え。病気かなにかで寝込んでいるとか？」

「うーん。どうだろう。確かに、部屋に電話がないから病欠の連絡はできないかもね」

この頃、アパートの住人が自前の固定電話を引かない例はまだ相当あった。

「でも」と、女性は巻き毛の中に指をつっこんだ。「その前、お客の一人がしつこいとかなんとか、こぼしていたしね。ピンサロで働いていたことがあるっていうのに、妙にお固い子で」

ふと私を見直した。

「あんた、シーちゃんとどういう関係？」

「中学校時代の同級生です」

「ふーん。それがまたなんでここへ？」

「ずっと音信不通になっていて、どうやらここに勤めているらしいと最近分かって、会いたくて」

「会いたくて！」

女性の口調がからかうようだったので、私は言い訳した。

「謝りたいことがあって」

「そうなんだ。だったら、家に行ってみたら。病欠だったら、よし。じゃなかったら首だって、伝えてくれないかしら」

「あの、家はどこに」

「どこかな。ここから歩いて十分くらいのアパートだって言っていたけど。ちょっと待ってね」

女性はカウンターを出て、二階への階段をあがっていった。すぐにノートを持って戻ってきたが、そこに記されていたのはすでに私の知っている住所だった。私はビール代を払って、シーちゃんのもとへむかった。

午後七時数分すぎ、やっと北原荘についた。見るからに古そうな二階建てで、部屋数は四室しかなかった。

下から見上げると、二〇一号室の窓に明かりはともっていなかった。でも、その窓は台所のものにちがいない。台所に立っていないかぎり、照明をつけていないだろう。

私は、街灯に照らされながら錆《さび》ついた外階段をあがっていった。

あがりきったところが二〇二号室で、次が二〇一号室だ。そこに行きつく前から階段や廊下に点々とついている黒っぽい染みが気になっていたのだが、二〇一号室のドアの前で目を見張った。ドアノブのそばの壁にべったりついている黒っぽい手形は、血の跡にしか見えなかった。

怪我人が壁に手をつきながらやっとの思いでドアを開いた、そんな場面が想像された。

チャイムが見当たらなかったので、ドアを拳で叩いた。

中から返事はなかった。焦りながら、ドアノブをひねってみた。すると、それは開いた。

外から差し込む灯の中に、黒い塊が浮かびあがった。玄関を入ってすぐのところだ。

黒い塊が床に倒れ伏した人間だと分かるのに、少し時間がかかった。

「シーちゃん、シーちゃんなの？」

問いかけたが、うんともすんともなかった。

私は震える足で、外に飛び出した。公衆電話を探して、一一九番にかけた。

救急車に収容されてから、ようやく黒い塊の人物の顔を確認することができた。

肌は土気色で、頰に青痣《あおあざ》ができ、唇の端に血がこびりついている。ついでに言えば、目尻には深い皺《しわ》が寄っている。それらを差し引けば、紛れもなくシーちゃんの顔だった。私は、シーちゃんの体にかけられた毛布の下で、シーちゃんの手に触れた。呼吸はか細かったが、手には温《ぬく》もりがあった。その温もりが逃げていかないように祈りながら、手をさすりつづけた。

救急車を迎え入れた看護婦も医師も、シーちゃんを一目見るなり緊迫の度を増した。シーちゃんはすぐさま検査室へ運ばれた。三十分と経たないうちに、救急医から説明を受けた。脳の硬膜の外に、大きな血腫ができているという。倒れてからしばらく放置されていたようで、もう一日発見が遅れていたら命の保証はなかった、とも言われた。

血腫をとり除くために、緊急の手術が行われた。シーちゃんが手術室に入ったところで、私は優紀のことを思い出した。義姉の家に電話して、また嘘をついた。

「申し訳ありません。病院へ行ったら恩師が亡くなってしまっていて、そのままお通夜を手伝っているんです。もうしばらくかかりそうです」

『あら、そうなの。優紀ちゃんなら大丈夫よ。全然ママを恋しがっていないから。お風呂に入れて寝かしつけておいてあげるわ』

義姉の声はむしろ生き生きとしていた。私は心の中で手を合わせながら、嘘を重ねた。

「深夜にお邪魔するのがご迷惑だったら、明日の朝まいりますが。恩師の家に泊めていただけるので」

義姉は少しも不審がらずに、

『ああ、それならそのほうがいいわよ』

と言った。

この時点では、シーちゃんが麻酔から覚めたら義姉の家へ行くつもりだった。翌日か翌々日には、優紀と一緒に札幌行きの飛行機に乗るつもりだったのだ。

手術室の前のベンチで手術が終わるのを待っていると、看護婦に連れられて男性が二人近づいてきた。

刑事だった。私は警察に通報しなかったが、病院が事件性があると判断したのだろう。私もその点に異論はなかった。

シーちゃんは、明らかに何者かに暴力をふるわれていた。検査で判明したことだが、レイプの痕跡もあった。硬膜外出血がレイプの際の暴力によるものか事故かは分からないが、レイプ犯を野放しにはできない。

刑事たちは、私とシーちゃんとの関係だとか発見した経緯だとかを、欠伸《あくび》をかみ殺すような態度で質問し、帰っていった。

シーちゃんが意識をとり戻したら、犯人を名指しできると考えていた私は、刑事たちの態度に神経を尖らせることはなかった。

シーちゃんが麻酔から覚め、そして私は、桜木とあなたにたいし、シーちゃんにしたのと同じ過ちを犯すことになりました。

完全看護の病院だったのでシーちゃんの枕もとにいるわけにはいかず、かといって義姉に外泊の許しを得ていたのでそちらに行くわけにもいかず、私は近くのホテルに泊まった。

不安で眠れない夜をすごし、翌朝八時には病院へ戻った。

当時は個人情報保護法などなかったから、受付で半田忍の名前を出すと、あっさりと状態を教えてもらえた。

「朝一番に集中治療室を出て、一般病室に移っていますね。四階の外科病棟、四一一号室です」

まだ面会時間ではなかったが、受付係は、

「治療中や面会謝絶なら追い返されるけれど、そうでなければ大丈夫ですよ」

と言った。それで、私は四一一号室へむかった。

すでに朝食の時間は終わっていた。廊下には配膳車が置かれてあって、食べ残しの物から漂う匂いが病院独特の臭気を消していた。四一一号室にむかう途中の四〇九号室からは呻《うめ》き声《ごえ》が漏れ、四一〇号室からはヒステリーめいた笑い声が聞こえた。

どうしてこんな細かいことを覚えているのか。過去のことは頭からやる心を抑えて、ことさらじっくり四一一号室へ歩を運んだのだ。過去のことは頭から締め出し、周囲のことにだけ気を配っていた。

四一一号室は二人部屋らしい。しかし、名札入れには、一人の名前しか入っていなかった。「半田忍」

軽くノックしてから、ドアをあけた。

患者がいるのは窓際のベッドだった。点滴スタンドから二本の薬袋がぶら下がっている以外、医療機器は見当たらない。危機的状態は去ったようだ。

ノックの音にもドアの開閉にも気づかなかったのか、それとも眠っているのか、ベッドの上の人物はこちらをむくことなく横臥《おうが》していた。

「シーちゃん」

脅かさないように、ゆっくりと近づいていった。

シーちゃんの顔がこちらをむいた。

その目があまりに無垢《むく》だったので、私はたじろいだ。苦労を重ねてきた二十代後半の女の目ではない。中学一年生の時だって、多少なりとも濁りがあったはずだ。これではまるで天使の目だ。

どぎまぎしながら、声をかけた。

「具合はどう」

「あなた誰」

と、シーちゃんは言った。

顔を見て分からないのか。

分からなくても無理はない。それほど容貌が変わったつもりはないけれど、約十四年のブランクがあるのだ。それに、こちらはシーちゃんのことを心の底にしまいつづけていたけれど、シーちゃんのほうは薄情な同級生のことなどさっさと忘れてしまったかもしれない。

寂しい。でも、文句の言える立場ではない。

「私、平野史子。中学一年の時に同級生だった」

「中学？」

「トヨ中」

「トヨ中？」

「豊島第一中学よ」

「私、そこを出ているの？　それはどこにあるの」

私は呆気《あっけ》にとられた。

「どうしたの、シーちゃん、中学のことを忘れちゃったの」

「シーちゃんって、私のことなの？」

あどけない幼女のように、シーちゃんは私を見つめた。

シーちゃんと呼ばれていたことを忘れたのか。しかし、スナック・アキのママもシーちゃんと呼んでいたはずだ。

シーちゃんは、さらに驚くことを口にした。

「私はなんていう名前なの」

私は一歩あとずさった。

「名前を覚えていないと言うんじゃないわよね」

シーちゃんは首をふってから、頭を押さえた。

「痛い。私は怪我をしたのね。どうして」

「ちょっと待って」

と言って、私は病室を飛び出した。ナースステーションに駆け込んだ。

「半田さんの様子がおかしいんです」

その場にいた看護婦に告げた。

シーちゃんは、記憶を喪失していた。

硬膜外出血を起こす直前直後の記憶が曖昧になってしまうことはさほど珍しいことではないそうだ。しかし、シーちゃんが失った記憶はその程度のものではなかった。名前も住所も年齢も、さらにはこれまで生きてきた二十八年間すべてを、ごっそりなくしてしまっていたのだ。

頭部の負傷のせいではないのではないか、とシーちゃんを診た医者は言った。

「精神的なものが影響しているのかもしれない」

暗に、レイプの影響を示唆した。

「時間が経てば、治るでしょうか」

「うーん。なんとも言えませんね。こういうケースは扱ったことがないので」

外科の医者は、困惑したように腕を組んだ。

警察も困惑することになった。被害者が覚醒すれば、レイプ犯は簡単につかまえられると思っていたのに、本人はレイプされたことすら覚えていないのだ。一から捜査をはじめなければならない。

警察は捜査にあまり熱心ではなかったようだ。

そもそも、硬膜外出血が起こった怪我の原因は不明だ。犯人に傷つけられたのか、それとも、抵抗中、または逃げる途中に、自分でどこかに頭をぶつけたのかもしれない。そうなると、成立するのは強姦罪《ごうかんざい》だけ。もちろん、強姦は大きな罪だが、親告罪だ。告訴がなければ、公訴を提起することはできない。

「半田さんはあちらこちら傷ついていたんです。暴行があったと考えて、というか、暴行があったに決まっているんですから、必ず充分な捜査をしてください」

私は刑事に念を押したのだが、

「ま、強姦の時効は七年あるから」

刑事はぶつぶつと口の中でつぶやいた。

一カ月ほどして、シーちゃんの記憶が蘇ったかどうかと、件《くだん》の刑事から問い合わせがあったが、まだだと答えると、それきりナシのつぶてになった。以来、容疑者逮捕の報はなかった。

この日、私は義姉の家に電話をするタイミングを逸した。

シーちゃんが診察を受けている間にいくらでも時間はあったのだけれど、連絡をとることを思いつかなかった。シーちゃんといる「いま・ここ」だけしか見えないという、視野狭窄《しやきょうさく》状態に陥ってしまったのだ。

一方、シーちゃんも、あいている時間は私を離したがらなかった。忘れ果てた自分の名前や過去を知っている人物がいたら、たよりにしたい、そばにいてほしい、そう思うのは当然すぎるほど当然のことだ。

そして私は、たよりきった眼差《まなざ》しをむけてくるシーちゃんを突き放すことなどできなかった。

シーちゃんは、過去の自分について知りたがった。

私が直接シーちゃんを知っていたのは、中学一年生の間のたった一年きりだった。高校三年生以降は探偵社の報告書で知っていたけれど、それをありのまま話すことなどできなかった。

だから、私が聞かせるシーちゃんの過去にはたくさんの捏造がまじった。

「中学二年になる時、父の転勤で私は札幌に引っ越したの。私たちは泣きの涙で別れたわ。ほら、私もシーちゃんも筆無精じゃない。だから、手紙のやりとりもなくて、お互いの情報交換は一年に一度、お年賀状だけ」

「それでも、友情はつづいたのね？」

「ええ、そうよ。高校の修学旅行では、私のほうは東京、シーちゃんのほうは北海道が旅行先だったの。だから、二年生の時には二度も再会できたのよ。どっちも時間があまりなくて、パーラーでおしゃべりする程度だったけれど、あの時は嬉しかったわ。私たちの友情がちっとも変わっていないことを確かめあったの」

シーちゃんが記憶をとり戻したらすべて嘘っぱちだと分かることを、私はずらずらと並べたてた。

「そのあとはいつ会えたの。あなたの結婚式の時？」

シーちゃんの目は、私の左手薬指の指輪にむけられていた。それが結婚指輪であるという知識は保たれているのだ。ということは、自分が結婚していないということも理解しているのだろう。

「実はね」と、私はここで真実をまじえた。「高校三年生の十一月に、私は交通事故に巻き込まれたの。それで、右手の三本の指がきちんと動かなくなってね」

シーちゃんの前で右手の三本を動かして見せた。

「いまはちゃんと動くのよ。でも、当時はまったく駄目で、私はマンガ家になりたかったものだから、世の中に絶望してしまったの」

「まあ」

と、シーちゃんは眉をひそめた。その表情が中学時代を彷彿《ほうふつ》とさせて、私の心臓の鼓動を煽《あお》った。

「それで、二年以上家に閉じこもって暮らしていて、もちろんお年賀状なんか一枚も書かなかったし、シーちゃんとのつきあいもしばらく跡絶えてしまったの」

「絶望している平野さんに、私はなにかしてあげなかったの？」

シーちゃんは、真剣な表情で私の顔を覗きこんだ。

私の心臓は爆発寸前だ。深呼吸をひとつしてから、答えた。

「シーちゃんは、私が交通事故に遭ったことを知らないんですもの。なにもできなくて当たり前よ」

「それでも、年に一度のたよりが届かなかったら、どうしたのか一言くらい電話で聞いてもよかったと思うわ」

心臓の鼓動が急速におさまった。答えに窮した私は、言った。

「それがね、シーちゃんにも不幸が襲っていたの」

「え、そうなの」

「おうちが火事に見舞われたのよ。それで、お父さんが亡くなられたの」

シーちゃんの顔に驚きと悲しみが同時に現れた。

「私のお父さん、亡くなっているんだ」

「ええ」

シーちゃんの瞳から大粒の涙がこぼれ落ちた。シーちゃんは「えっえっ」と声をあげて子供のように泣き出した。

私は狼狽《うろた》えた。火事の原因を悟られないようにしようとばかり考えていて、お父さんが亡くなったと知った時のシーちゃんの反応にまで考えがおよんでいなかった。

「ごめん。泣かないで。泣くと体にさわるわ」

私は、赤ん坊を宥《なだ》めるように、シーちゃんの肩を軽く叩きつづけた。

しばらくして、シーちゃんはしゃくりあげながら言った。

「私、お父さんが亡くなったと知ったのも悲しいんだけれど、お父さんがどんな顔をしていたかさえ思い出せないのがもっと悲しい」

そういうものか。

しかし、私も、話してあげられるほどシーちゃんのお父さんについては知らなかった。

「私、シーちゃんのお父さんとは一度しか会ったことがないから」

「どんなお父さんだった？」

「そうね。シーちゃんとはあまり似ていなかったかな。体育の先生だけあって、ごつい感じだった。バレーボールのコーチをやっていたということだから、わりとスパルタというかスポ根というか、そんなタイプなんじゃないかと思ったよ」

「そうなんだ」

実際には、スパルタやスポ根とはかけ離れた、とてもやさしそうなお父さんだった。シーちゃんの悲しみをこれ以上深めたくなくて、嘘八百を言ったのだ。

「お母さんは？」

「お母さんともあまり会ったことがないの。洋裁学校の先生をしているとかで、おうちにいないことが多かったから。シーちゃんのお部屋のカーテンとベッドカバーは、お母さんのお手製だったそうよ」

「そうなんだ」

シーちゃんは思い出せなくて残念だという顔をしてから、

「それで、お母さんはどうなったのかしら」

と尋ねた。私は一瞬、絶句した。

「私も知らないのよ」

「どうして」

「どうしてって」

「私の居場所を知っているのに、私の家族の居場所を知らないということはないでしょう。私たち、火事と事故を乗り越えて、また友情を復活させていたんじゃないの」

シーちゃんは無心な瞳で言った。

記憶を喪失しているのに、論理的な思考能力は失われていないらしい。迂闊《うかつ》なことは言えない。

「私がシーちゃんに連絡をとったのは、今回がはじめてなの。去年、中学の同窓会があって、出席したのよね。シーちゃんの姿がなかったので、まわりに尋ねたら、一人だけあなたの事情を知っている人がいて、住所を教えてくれたのよ。それで、昨日、上京して時間があったので、あなたを訪ねてきたの。電話がないということだったので、不意討ちだったのよ」

「そうなの」

シーちゃんはまぶたを閉じた。

「疲れた？」

それとも、私の話になにか破綻を見つけた？

シーちゃんはかすかに首をふって、目をあけた。

「ううん。その、平野さんに私の住所を教えた人は、私についてもっと知っているんでしょうね」

「ええ、多分。私が転校してからは、一番の仲良しだったんじゃない」

「あとでいいから、その人の連絡先を教えてくれる？　いろんなことを聞きたい」

「あ、でも、その人、いま日本にいないから」

「え。どこにいるの」

「パリ。ご主人が通産省のエリート官僚で、フランスの大使館に出向しているの。そういうクリスマス・カードが去年届いていたわ」

よく簡単に口から出任せが出る。私、どうなっちゃったの？　と自分で自分に呆れた。

「すごいわねえ」

シーちゃんは感嘆の溜め息をついた。

シーちゃんのためとはいえ、嘘をつきつづける自分に耐えられなくなった。私は、ベッドサイドの椅子から立ち上がりかけた。

「そろそろ休んだほうがいいわ」

「どこへ行くの」

「どこって」

「行かないで」

と、シーちゃんは言った。とても切ない声だった。私の体内じゅうの血液を燃えたたせるに充分なほどの。

私は椅子に座り直した。それからまた、シーちゃんに問われるままに、嘘をまじえた話をしつづけた。

午後七時に、看護婦が面会時間の終了を告げにきた。

病室を出ようとした私に、シーちゃんは言った。

「また明日来てくれるでしょう」

私の心を鷲摑《わしづか》みにして離さない、熱っぽい口調だった。

私は「もちろん」と答えるしかなかった。

病院を出ると、時間と空間が広がりをもって押し寄せてきた。

今日は一度も義姉に連絡をとっていない。さぞかし心配しているだろう。ひとまず電話だけでもしておかなければならない。

しかし、街角の電話ボックスで、私はいつまでも義姉の家の電話番号をダイアルすることができなかった。

シーちゃんが明日も私を待っている。彼女をふたたび裏切ることはできない。それよりもなによりも、私自身がシーちゃんと離れがたい。義姉にむかって、いまからそちらに行きます、とは口にできない自分がいる。

なぜなら、今晩義姉のもとへ行ったとして、明日はなんと言って優紀を残して義姉の家を出ればいいのか。まさか二日も三日も幻の恩師をもちだすわけにはいかないだろう。

私は言葉を探しあぐねた。

そのうちに、電話ボックスの前に人が来た。私はその人に譲るために、ボックスを出た。そして、前夜泊まったビジネスホテルへ足をむけた。

ブランクがあけばあくほど、人はもとの場所に戻ることが困難になる。それを知らないわけではなかった。それでも私は、方向転換できなかった。この日が、もとの場所に戻る最後のチャンスだったにちがいないのに。

行方不明のシーちゃんを捜そうとしたのは、シーちゃんにたいする疚しさからだ、私はそう自分に言い繕っていた。でも、もうその言い訳は通用しないことをはっきりさせなければならなかった。

私は、シーちゃんが好きで好きでたまらなかった。片時も離れたくなかった。

中学生の時からずっとそうだったのだ、とあらためて知った。

なぜ、あの時、好きとも言わずに逃げたのか。

あれはあれで仕方がなかった。相手は女の子だった。どう考えても、恋にふさわしい相手ではなかった。自分が真正のヘンタイになってしまいそうで恐かった（私が中学生だった時代は、同性愛はヘンタイのレッテルを張られたのだ）。だから、恋を摘みとろうとした。

しかし、もう自分を騙せなかった。まっしぐらに恋を求めるしかなかった。

もしも、シーちゃんの記憶が失われておらず、私との関係を覚えていたなら、どうなっていたかは分からない。

けれど、シーちゃんは私の言うままの二人の関係を信じた。しかも、記憶喪失ということが、シーちゃんを強く私に依存させた。

退院したシーちゃんと私は、一緒に暮らすようになった。

シーちゃんと私が同棲《どうせい》したのは、一年半強でした。

どんな暮らしだったかは割愛させてもらいます。ここまでも充分に恥知らずな内容ですが、あなたに打ち明けるにはやはり恥ずかしすぎます。

生活のために私も働きに出ていたということだけは言っておきましょう。


私は、身元保証人がいなくても勤められるような職場が苦手だった。シーちゃんも、その辺は同じだった。

それで私は、なんとかしてそういった仕事から足を洗えないかと、ミステリー小説を書きはじめた。一次選考すら通過しなかった昔の小説を書き直し、ある大きな新人賞に応募した。一九八五年の春のことである。

結婚、出産、出奔を経て、私の経験値はあがっていた。それが表現力やストーリー構成に厚みを与えたのだろうか。八月のある日、出版社から電話がかかってきて（私たちは部屋に電話を引いていた）、私の小説が受賞したことを知らせた。

桜木に私の動向を知られるわけにはいかなかった。覆面作家としてやっていきたいと申し出、編集者に了承された。

ペンネームは、「北原圭《きたはらけい》」にした。北原は、シーちゃんと再会した時にシーちゃんが住んでいたアパートからもらった。名前の「圭」は、女性にも男性にも使われていることとから選んだ。

デビュー作は、びっくりするほど売れた。おかげで、執筆の依頼が多数来た。目がまわるほど忙しくなったけれど、私はすべて引き受けた。自分はもちろん、シーちゃんをも嫌な職場で働かせたくなかった。シーちゃんは専業主婦になった。

私が稼いで、シーちゃんが家事をこなす。シーちゃんが料理下手ということはその時になって分かったけれど、それもご愛嬌《あいきょう》だった。

臆面もなく言うけれど、それまでの人生の中で最も楽しく充実した日々だった。

でも、そういう生活は長続きしなかった。一九八六年の四月に、まったく思いもよらないところから破局が来た。

それは、ゴールデンウイークの最中だった。

私は短い原稿を一本書き終えて、シーちゃんと一緒にコーヒーを飲んでいた。漫然とつけていたテレビの画面にニュース速報という文字が現れたので、注意をふりむけた。つづいて流れたテロップが、ソ連のチェルノブイリ原子力発電所での事故を伝える第一報だった。

確か、原発で火災が起き、ソ連が西ドイツに救援を求めた、といったような内容だったと思う（この報道はのちに否定されている）。

私もシーちゃんも、原発について詳しく知らなかった。私は札幌で原発にかんする学習会に出席したことがあるけれど、なにしろ推進派のものだったし、おまけに田中春一郎の登場ですっかり頭が別方向に飛んでしまったから、ろくな知識を仕入れていなかった。

「ニュース速報で流すようなことなのかしら」

と、シーちゃんは言った。

「ソ連が自力で火事を消せないんだから、けっこうおおごとなんじゃないの」

その時は、それだけの会話で終わった。夕方のテレビニュースで取り上げられたのかどうかも知らない。ニュースの時間には原稿を執筆していたからだ。

翌日になって、新聞の第一面に「ソ連で原発事故か」という記事が大きく載った。ソ連が発表したのではなく、北欧で強い放射能を検出したことから、事故が発覚したのだ。ゴルバチョフという改革派が書記長についていたソ連だが、情報公開はちっとも進んでいなかった――それとも、これは、原発事故に宿命的につきまとう報道統制なのだろうか。スリーマイル島原発事故を起こしたアメリカでも、のちに福島第一原発事故を起こした日本でも、情報はスムーズに流れてこなかった。

ともかく、しばらくの間、ソ連の原発でなにごとかが起こっているらしいけれど、それがどんなものなのか、見出しだけ大きく中身の乏しい報道がつづいた。だから、私は、まさか自分の身にまで災いをもたらす事故だとは思わず、たいして関心を寄せていなかった。

もっとも、事故が発生したのは四月二十六日だということだった。その日は私の誕生日で、私はシーちゃんとディズニーランドへ遊びに行き、夜は高級レストランで食事をした。三十回訪れた四月二十六日の中で最も幸せな四月二十六日だったと言っていい。その同じ日に、縁遠いとはいえ隣国で世界を震撼《しんかん》させる出来事が起こったのだと思うと、なにか厭な気分になったことは確かだ。

しかし、事故が私に災いをもたらしたのは、日にちではない。事故の規模が途方もないものだったということが分かってきて、テレビが原発やら放射能やらにかんする特集を組んだ、そのことによる。

五月三日以降、日本にも事故由来の放射能が降りはじめたから、シーちゃんも熱心にそういった特集を視聴するようになった。

情報を仕入れたシーちゃんは、

「日本産のヨモギやホウレンソウから、放射能が検出されているんですってよ」

などと、目をまん丸くして教えてくれた。テレビをろくに見る暇のない私とちがい、シーちゃんはかなり原発に詳しくなり、否定的になっていた。

そうした特集の中に、田中春一郎が登場してきた。

朝のニュースショーだった。私とシーちゃんは、ダイニングキッチンでご飯を食べながらその番組を見ていた。反原発派の論客と原発推進派の論客が意見を闘わせるという番組予告があったので、私もたまには真面目に原発の勉強をしようかという気になっていた。

やがて、その特集がはじまり、論客が紹介された。

反原発派の論客は、すでに新聞などで馴染《なじ》みの人だった。

そして、原発推進派として出てきたのが、田中春一郎だった。

『田中さんは、T大で原子力工学を研究なさっている新進気鋭の学者です』

そんなふうに、キャスターは論客を紹介し、田中の顔がアップになった。

私は、肝をつぶした。シーちゃんの様子を横目で窺った。

「この人、よく出るの？」

「ううん。はじめて見る……」

途中で、シーちゃんは言葉を飲み込んだ。その顔にぽつんと小さな細波《さざなみ》が立った、ように見えた。

シーちゃんは、テレビを凝視した。

『まずはじめに言っておきたいのは、チェルノブイリ原発の炉型は、日本のものと全然ちがうんですね。中性子の減速材として、水ではなく黒鉛を使っています。それに、緊急炉心冷却装置がついていません。しかも、ここが肝心ですが、格納容器がついていないんです。格納容器というのは、放射能を封じ込めるための最大の砦《とりで》です。日本の原発にはもちろんこれがついています。たとえチェルノブイリ級の事故が起きたとしても、これにより放射能の拡散を防げます。つまり、日本ではチェルノブイリ級の事故など絶対に起きないのです』

田中の発言に耳をすませているのだろうか。シーちゃんはまばたきひとつしなかった。顔に立った細波は、少しずつ広がっていくようだった。

その細波は一体なんなの。私は大声で問いつめたかったけれど、できなかった。テレビではなく、ひたすらシーちゃんの顔を見守っていた。

画面が切り替わり、反原発派がアップになった。

シーちゃんがテレビから私に視線を移した。

「私」

覚束ない声を出した。先をなかなか口にしない。

私は唾を飲み込んだ。シーちゃんはなにを言おうとしているのか。

耳には反原発派の言葉しか聞こえてこない。

『反論からはじめなきゃいけないというのは時間の無駄なのですが、ぱっぱっと言っておきます。チェルノブイリ原発には、緊急炉心冷却装置がついていました。また格納容器に匹敵するものもありました。で、チェルノブイリの事故は、多重防護がなんの役にも立たないことを示したのです。ひとたび大事故を起こせば世界中に放射能を降らせるような原発を、たかが電気を作るために動かしつづけるのは愚の骨頂です』

画面が切り替わり、司会者と反原発派と田中が同時に映るアングルになった。

シーちゃんはまたテレビに視線をむけた。それから、すぐに私を見直した。

シーちゃんの顔には細波どころか嵐が来ていた。

「私、あの人を知っているわ」

私は目をつぶった。シーちゃんの記憶の扉が開いた。

「私、あの人と前世で恋人だったのよ。この世でも恋人になるはずだったのよ。なのに、私はなぜここであなたと夫婦みたいに暮らしているの、フーちゃん。ねえ、なぜ」

扉は開いたけれど、すっかり思い出したわけではないのか。

私は目をあけ、正面からシーちゃんを見た。

「それ以上思い出しちゃ駄目」

「駄目？　どうして」

問う口調が、中学生のようにあどけない。

腕を伸ばし、シーちゃんを頭から胸に抱えこんだ。

「だって、私たち、幸せだったでしょう。この一年半、ずっと幸せにやってきたでしょう。これからも幸せなままでいましょうよ」

しばらくシーちゃんは、私の胸の中でじっとしていた。

私は片手を伸ばして、田中を私たちの間から締め出した。テレビのスイッチを切った。

「つけて」

と、シーちゃんは言った。鋭く命令的だった。私は無視した。

ゆっくりと、シーちゃんは私の胸から頭を起こした。自分でテレビのスイッチを入れ直した。番組が終わるまで、食い入るように視聴していた。

シーちゃんは原発の討論を視《み》ているのではない。自分の過去を視ているのだ。田中の姿とともに、シーちゃんの記憶の扉は次から次へと開いていくようだった。私にはなす術《すべ》がなかった。

番組が終わると、シーちゃんは両手で顔をおおった。その唇から嗚咽《おえつ》が漏れ出した。

私は、シーちゃんの背中を撫《な》でた。

「お願い、落ち着いて。泣くことなんてなにもないのよ」

「彼の薬指に指輪がはまっていた。彼は、大学教授の娘と結婚してしまったんだわ。やめてくれると信じていたのに」

「いいじゃないの。田中さんだって、四十歳近いのよ。結婚していてもおかしくない」

シーちゃんは、両手の間から濡れた瞳を起こした。

「四十歳近い？」

涙を払って自分を眺めまわし、私の顔を眺めた。

「私はいまいくつなの」

「誕生日が来れば、三十よ」

「そうか。そうだよね」

シーちゃんは、少し混乱しているようだった。意識が中学生か高校生に遡行しているのかもしれなかった。

シーちゃんは十秒か二十秒、でも私には苦痛になるほど長い間、黙考していた。

これ以上は耐えられないと思った瞬間、シーちゃんはくいっと口もとに力を込めて言った。

「それでも、彼が結婚する相手は、私じゃなきゃいけないのよ」

「そんなことはないわ。彼にだって、前世と縁を切る権利はあるわ」

いや、いまこそ本音でかからなければならないと、私は思った。

「ううん。前世の記憶なんか、あるわけないじゃないの。人は、生きとし生けるものは、生まれてから死ぬまでがすべてなのよ。死んだら、それっきりだわ。生まれる前も無なら、死んだあとも無よ。生まれ変わることなどありえない」

シーちゃんは、信じられないという顔をした。

「人が生まれ変わらないですって？　フーちゃんは私の理解者じゃなかったの？」

「理解者だったわよ。中学一年の時にはね。でも、いまは三十よ。そんなことが信じられる？　信じているとしたら、頭がおかしいよ。あなたは田中春一郎が好きだったかもしれないけれど、それは前世の縁とかなんとかじゃなく、普通に恋をしていただけよ」

「そんなことはない。これはそこらに転がっている恋なんかじゃなく、前世から定められた恋なのよ。奇跡の恋なのよ」

シーちゃんは、言い張った。少女のひたむきさが三十女の顔に張りついている。

私は苛立《いらだ》ちにかられ、つい口がすべった。

「いい年して、中学生の恋なんか引きずっていないでよ」

シーちゃんの顔面が蒼白になった。私は、シーちゃんの中でなにかが弾ける音を耳にした。時間のバネが弾ける音だったのかもしれない。しまったと思ったが、遅かった。私はいつだって、声に出してからそれが決定的な言葉だったと気がつく。

声にいっぱいの侮蔑をこめて、シーちゃんは叫んだ。

「だからって、あなたとこういう関係をつづけるなんて、御免だわ。嘘つき！」

嘘つき。そうだ。私はひどい嘘つきだ。

シーちゃんとはじめてキスを交わした時、実は私たちは中学時代恋をしあっていたのだ、と吹きこんだ。記憶のなかったシーちゃんは、それを疑わなかった。愛している、と言いあうのは、昨日までの私たちの習慣ですらあったのだ。事実は異なっていると、思い出してしまったのか。

だが、そうだとしても、この幸せだった一年半まで捨て去ることはできないのではないか。

「いまのは、ものはずみで言ったのよね。私たち愛しあっているのよね」

「愛する？　私があなたを愛する？」

シーちゃんは、目を細めて私を見つめた。

「あんなふうにして、三学期の間じゅう私を無視しきった人を、どうやって愛せると言うの？」

そこまで思い出してしまったのか。

「だから、それは、あなたに私の恋心を気づかれたくなかったから」

私はうつむいた。涙が出てきた。シーちゃんは容赦なかった。

「そうなの。あなたはそのころから私が好きだったの。じゃあ、さっきの言葉をそっくりそのままお返しするわ。中学生の恋なんか引きずっていないでよ」

シーちゃんは立ち上がり、寝室へ消えた。私は追いかける気力もなかった。

シーちゃんはやさしげな外見をしているし、普段は本当にやさしかった。けれど、考えてみれば、前世の恋人と信じる相手の記憶を蘇らせるために家に火を放ちさえしているのだ。その心の奥に、活火山のような本性を隠しもっているのかもしれない。

私は座りこんだまま、隣室の物音に聞き耳をたてていた。泣き声はしなかった。しばらく無音だった。そのうちに低く動きまわる音が聞こえてきた。なにをしているのか。やがて、シーちゃんがダイニングキッチンへ戻ってきた。外出着姿だった。

私は、目を見張った。

シーちゃんは、一番似合うと自他ともに認める空色のワンピースと濃紺のカーディガンを着ていた。それはいつもシーちゃんを清純で慎《つつ》ましやかに見せていた。ところが、いま、シーちゃんは清純というよりも妖艶に、慎ましやかというよりも放恣に見えていた。

カーディガンに袖を通さず、羽織っているだけのせいだろうか。

いや、そんな着方はいままでもしたことがある。それでも、妖艶にも放恣にも見えたことはない。心ならずも水商売をしていた時だって、シーちゃんはちっとも色っぽくなかった。ちょっとした仕草やしゃべり方に、汚れを知らない少女の面影さえ垣間見せていたのだ。こんなシーちゃんを見るのははじめてだった。もしかしたら、記憶を失う以前はこんな雰囲気だったのだろうか。

「私」

と、シーちゃんは唖然《あぜん》としている私にむかって声をかけた。思いがけず穏やかな口調だったので、私は望みをもった。シーちゃんは言った。

「ひどいことを言いすぎたわ。この一年半、とてもよくしてくれたものね。命の恩人でもあるし。ありがとう」

私の目から涙がこぼれ落ちた。嬉しかったからではない。別れの言葉にしか聞こえなかったからだ。

「どこかへ行くの」

「うん。中学生の恋に決着をつけにいく」

田中を訪ねるというのか。

放火の記憶は回復しているのか。

そのうえで、決着をつけるというのか。

どういう決着を意図しているのだ。

——恐ろしくて、聞けなかった。

かわりに、怨ずる言葉が口から出た。

「なんでもっと早く決着をつけようとしなかったの、せめて十代のころに」

少年院を出たころに。そうすれば、シーちゃんの未来はちがっていたものになっていて、私はシーちゃんと再会することもなかったかもしれない。

シーちゃんの目の中を、なんとも名状しがたい色合いが駆け抜けた。悲しみとも呼べない。憎しみとも言えない。怒りでもない。もしかしたら、犯してしまったことへの後悔と、断ち切れない愛を混ぜ合わせると、そんなふうな色合いができあがるのかもしれなかった。

「つけようとしたわよ、べつの形でね」

と、シーちゃんは遠くから響いてくるような口調で言った。

「でも、とんでもない失敗をしたの。それがずっと私の人生の足をひっぱってきたんだって、いま分かったの。フーちゃんのおかげだわ」

私のおかげ？

戸惑う私に、シーちゃんはうっすらと笑いかけた。

「中学生の恋を成就させたじゃない」

あ、という形に口を動かして、私は絶句した。

シーちゃんはこめかみに人差し指を当てた。記憶が指を伝わって次々とこぼれてくるかのように、シーちゃんは言った。

「史郎さんが……史郎さんって、従兄のことよ。私たちは二人きりの時、前世の名前で呼び合っていたの……史郎さんが大学教授の娘と婚約したと知って、私、死のうとしたの。包丁で、胸を刺して。そして、それをとめようとしたお父さんともみあっているうちに石油ストーブが倒れて、お父さんが火だるまになったわ」

百八十度、過去の風景が変わった。私は驚愕《きょうがく》した。

「じゃあ、あなたは放火したわけじゃないんじゃない。少年院に入る必要などなかったんじゃない」

少年院に入ったことを知っているのか、という表情をしたのちに、シーちゃんは言った。

「だって、私がお父さんを殺したも同然でしょう」

シーちゃんの頬に一筋、涙が伝った。

なんていうことだろう。自分が犯したわけでもない罪の償いをしようとしたのか。まるで天使だ。

しかし、眼前のシーちゃんは、一筋の涙を指先で押さえると、天使というよりは悪魔の美しさで私に手をふった。

「じゃ、ね」

シーちゃんが行ってしまう。私はひきとめたくて、必死で言葉をかき集めた。天使を口説くにも悪魔に訴えるにも、あまりにも世俗的な話題。

「警察が、犯人をつきとめたがっている」

「え」

シーちゃんの足がとまった。

「ほら、レイプ犯の」

「ああ」

シーちゃんの唇に苦笑がにじんだ。

「残念ながら、あの夜のことはまだ思い出せないの。スナック・アキを出たところから病院で意識をとり戻すまでの間が、まるごと抜け落ちたまま。思い出せたら、警察に知らせるわ」

「うん、それがいい」

シーちゃんはちょっとの間、私を見つめた。私も見つめ返した。しかし、言葉はそれ以上出てこなかった。

シーちゃんは家を出ていった。

体を張ってでも、ひきとめるべきだったのか。

ひきとめるべきだっただろう。

ひきとめたくてたまらなかったのだ。

しかし、できなかった。

どんなことをしても、彼女は出ていっただろう。記憶を回復したシーちゃんは、新たな性質をまとっていた。中学一年生の時にも、一緒に暮らしていた時にもなかった、鋭く細い針のような性質だ。火事以降に嘗めた辛酸《しんさん》で身につけたものだったのだろうか……。

その日、シーちゃんは帰ってきませんでした。

翌日も帰ってきませんでした。

はじめから帰ってくるつもりがなかったのかどうかは、いまでも分かりません。


シーちゃんの持ち物を調べると、彼女名義の預金通帳が消えていた。しかし、なくなっていたのはそれだけだった。出ていく際に持っていたのがショルダーバッグひとつだったことを考えれば、帰ってくる気ではなかったか。そうでなければ、着替えの一組くらい持っていっていいはずだ。

シーちゃんが行ってしまって三日目、私は田中の職場に電話をかけた。

田中は職場にいなかった。他国の原発事故のおかげで忙しいらしい。

「半田忍さんのことで伺いたいことがあると伝えてください」

と言って、うちの電話番号を告げた。

田中からの電話は、翌朝の十時すぎに来た。

『平野さんのお宅ですか。失礼ですが、平野さんというのは、どなたでしょう』

田中はまずそう言った。札幌の学習会で私は名乗ったはずだけれど、忘れてしまったのだろう。それとも、あの時は桜木と言ったのだったか。

そうだ。問い合わせの手紙も、桜木の名字で出したのだった。

「忍さんの中学の同級生です。最近は忍さんと同居していました」

『そうですか。それで、忍さんがどうかしたんですか』

「忍さんは、三日前、田中さんに会いに行きました。テレビで田中さんを見て、急に会いたくなったのです。でも、それっきり帰ってきません。いま忍さんはどうしているのでしょう」

電話のむこうに短くない沈黙があった。それから、田中は言った。

『忍さんが私を訪ねてきたというのは、どこへ、ですか』

「分かりません。職場が一番可能性が高そうですが、調べようと思えば、田中さんのお住まいも調べられたかもしれません」

『職場でも自宅でも、忍が来たという話はありません。僕は忍には会っていません』

いつの間にか、田中はシーちゃんを呼び捨てにしていた。親しみではなく憤りの染みこんだ語調だった。

「本当ですか」

『嘘をつく理由はありませんよ』

「シーちゃんは、放火するような人だから」

あれが放火ではなかったと、田中は知っているだろうか？

田中の息を飲む音が聞こえた。

『それは脅しですか』

「脅しでも忠告でもありません。心配しているんです。それだけです」

『忍が現れたら、連絡しますよ。とにかく、彼女とは会っていません』

田中は、受話器を叩きつけるようにして電話を切った。

田中がシーちゃんに会わなかったというのは、真実なのだろうか。

嘘だと決めつける理由はない。もしかしたらシーちゃんは、会いに行った先々で田中をつかまえそこなったとも考えられる。なにしろ、田中は多忙のようだから。

とはいえ、シーちゃんが帰ってくるのを手をこまねいて待っているのは、三日が限界だった。

私は、豊島探偵社に出向いた。あの、シーちゃんの所在を探し出してくれた探偵社だ。シーちゃんがT大や田中の自宅を訪ねたのかどうか、訪ねたとしてそのあとどこへ行ったのか、それをつきとめたかった。

二日後に、担当の藤田から連絡が来た。

『半田さんは、五月十二日と十三日に田中春一郎の自宅に行っています。十二日は夕方と午後八時ごろに、十三日はお昼ごろに、近所の住人に姿を見られています。ただ、どちらも田中さんは留守だったらしく、玄関前で帰っています。十三日は近所の人とちょっと話もしていますね』

「二日とも、奥さんもいなかったんですか」

『奥さんは第二子を出産のため、入院中です』

「ああ……」

『T大学で見かけたという情報はありませんね。十三日のお昼以降の行方は調べがついていません』

「分かりました。調査を続行してください」

電話を切りかけ、思いついた。

「あ、待って。半田さんが近所の人とどんな話をしたか、分かりますか」

『田中家の様子を尋ねたようですよ。ご近所は、田中さん一家が仲睦まじくて、二人目の子供さんが生まれるといったことを話したようですね』

シーちゃんは、田中が円満な家庭生活を送っていることを知ったわけだ。

私は言い知れぬ不安を覚えた。シーちゃんは放火犯ではなかった。でも、なにか重大なことをするのではないかという予感がしてしようがなかった。出ていった時の彼女の様子があまりにも妖しげだったせいだ。

「田中さんの奥さんが退院するのはいつごろか分かりますか」

『そこまでは調べていません』

「じゃあ、調べてください。それから、奥さんの実家の住所もお願いします、できるだけ早く」

藤田からの返事は、その日のうちに来た。田中の妻は明日、退院予定だという。依頼し忘れていた病院名も教えてくれたうえ、藤田は言った。

『退院後、田中夫人が実家へ行くのか自宅へ帰るのか、不明です。田中夫人を尾行しましょうか』

私はその提案に飛びついた。

「その車に私も乗せてください」

藤田は、驚きもせず承知した。私の声に、なにがしかの危険性を嗅《か》ぎとっていたのかもしれない。なにしろ、シーちゃんの足跡をたどった探偵だ。私が火事の真相を藤田に伝えたのは行動をともにしている最中のことで、この時点ではまだ藤田もシーちゃんの本質を誤解していた。

翌朝八時に、私は藤田の車で田中夫人の入院する総合病院へむかった。

病院周辺で待つこと二時間、病院に田中夫人を迎える自家用車が来た。藤田の説明によれば、運転しているのは、田中夫人の母親だという。

一時間ほどすると、大きな荷物を抱えた田中夫人の母親と赤ん坊を抱いた田中夫人が病院から出てきた。

夫人は、田中よりもいくつか年上の感じのする人だった。器量は、十人並みから相当落ちるところにある。シーちゃんのほうが数倍もきれいだった。私でさえ、田中夫人よりきれいだと言ってもらえると思う。

だからといって、彼女が父親の地位のおかげでエリート青年と結婚できたとは断言できない。田中は、妻には凡庸を望んでいたのかもしれない。前世を信じるエキセントリックさではなく。

「これは実家へ行きますね」

田中夫人の乗った車が走り出すと、藤田はすぐに判断した。

田中夫人の実家は、世田谷《せたがや》区内の高級住宅街にあった。

玄関が南に面していて、薔薇《ばら》や桜の植え込みのほかに芝生を敷き詰めた一角があり、そこで三歳くらいの女児が三輪車に乗っていた。そばについている老人は、田中夫人の父親だろう。

車がとまった瞬間に、女児は三輪車をこぐのをやめた。車から田中夫人がおりてくると、「ママ」と飛びついていこうとした。寸前で足をとめたのは、母親の胸の中に赤ん坊がいたからだろう。

田中夫人は女児の頭を撫でた。

「ただいま。いい子にしていた？」

女児は黙っている。

「ほら、妹よ。かわいいでしょう」

女児は指をくわえ、不承不承のようにうなずいた。

ほほえましい。と同時に、胸が疼いた。

義姉のもとに置き去りにした優紀も、女児くらいの年齢に達している。同じ年頃の子を見ると、優紀のことを思い出さずにいられなかった。

一家は家の中に入っていった。

「どうしますか」

と、藤田は聞いた。尾行の仕事はすでに終了している。

田中夫人の帰還は無事にすんだが、なんとはなしの胸騒ぎがつづいていた。

私は辺りを見回した。これといって、不安の要素は見当たらなかった。それでも、言った。

「いずれ田中春一郎がやってくると思うんです。それまで、見張っていたいんです」

「分かりました」

藤田は、車を田中夫人の実家が見える、しかし田中夫人の実家からは見えない、絶妙な場所に停車させた。

五、六時間無為な時間が流れた。無為といっても、自著に尾行シーンを出す時におおいに役だつ経験だった。これにつづいて起こったことを考えれば、創作に生かすなど浅ましいことだけれど。

田中は、夕方六時ごろにやって来た。最寄りの駅から徒歩で来たようだ。手に、ケーキの箱を持っている。

舅《しゅうと》宅のチャイムを鳴らし、玄関ドアがあくと中に吸い込まれていった。

五月の六時はまだ明るい。庭に面した居間とおぼしき部屋はカーテンもしめていなかったから、女児が父親のまわりで駆けまわるのと、夫人が田中になにか話しかけるのと、田中が赤ん坊の寝ているベビーベッドに気をとられているのと、すべてが丸見えになっていた。

藤田が私の腕をつついた。瀟洒《しょうしゃ》な門扉《もんぴ》の前に、人影があった。

シーちゃんだ。出ていった時の服装ではなかった。白いワンピースに白い帽子をかぶっている。

いつの間に現れたのだろう。長い監視で、こちらの精神が弛緩した間隙を縫ったとしか思えない。

私と藤田は車からおりた。ダッシュしたが、家についた時にはシーちゃんは玄関ドアの前に立って、チャイムを鳴らしていた。

チャイムを鳴らす時、横顔が見えた。家を出ていった時の妖艶さや放恣さは消えていた。それ以前の清純さや慎ましさもなかった。凛とした理知が顔をおおっていた。この五日の間にシーちゃんは熟考し、そしておとなになったのかもしれない。そういう期待が芽生えた。

私は、藤田とともに成りゆきを見守ることにした。一度とことん田中と話し合わせたほうがいい、そう判断したのだ。それが正しかったのかどうか、あとあと悩ましく思い返すことになるのだけれど。

私たちは、門扉のそばに植えられた桜の木の陰に身を潜めた。

玄関ドアをあけたのは、田中夫人だった。

「なんでしょう」

という声が低く聞こえた。

シーちゃんの発する声は、堂々として高い。

「田中春一郎を返してもらいにきました」

「は？」

「田中春一郎は私の夫になる人だったのです。前世から約束していたのです。返してください」

私は、下手な芝居を見ているような気がした。しかし、状況はそんな感想を言っていられるほど悠長なものではなかった。

シーちゃんが声をあげた。それと分かる程度の震えを帯びていた。

「史郎さん」

田中が出てきたようだ。玄関の内がわにいて、姿は見えない。田中のヒステリックな声が聞こえる。

「僕は史郎じゃない。何度言ったら分かるんだ」

「この人、誰なんです」

田中夫人が背後をふりかえって聞いた。

「知らないね。全然知らない人だ」

「ひどいのね」

シーちゃんが妙に落ち着いた声で言った。

「史郎と呼んでと言ったのは、あなたじゃない。前世で二人は恋人同士だったと教えてくれたのは、あなたじゃない。物理学をやっている人間がこんなことを言っていると知られちゃまずいから内緒だよ、と口どめしたのは、あなたじゃない」

またしても、百八十度過去の風景が変わった。前世の話はシーちゃんのオリジナルだと思っていたのに、田中が言い出したことだったのか。

となると、二人の恋の様相は異なってくる。先に手を出したのは春一郎なのではないか。大学生が可憐《かれん》な中学生を餌食にしたのではないか。

「なにを言っているの、ねえ、なにを言っているの、この人」

田中夫人の質問は、シーちゃんではなく田中にむけられている。べつの女性の声が重なった。どうやら姑《しゅうとめ》が出てきたようだ。

「みっともない。とにかく中へ」

シーちゃんが引っ張られるように中に入り、ドアが音高く閉められた。居間に、シーちゃんの姿が現れた。ぴんと背筋が伸びている。と思う間もなく、姑が窓にカーテンをおろし、中の様子が窺えなくなった。

私と藤田は言葉も交わさず、なにも見えない窓をただひたすら見守った。玄関先で行われた会話は、シーちゃんが凛とした理性をまとっているという期待を裏切るものだったが、果たして中ではなにが起こっているのか。

どれくらい時間が経っただろう。二十分か三十分？

玄関ドアが勢いよくあいた。シーちゃんが押されるようにして出てきた。すぐさまドアが閉まり、鍵のかかる音がした。

シーちゃんは白い帽子を脱ぎ、すいっと手を伸ばして庭へ投げ飛ばした。帽子は弧を描いて、真紅の花びらを予兆のように散らしながら薔薇の植え込みに落ちた。

シーちゃんは門扉へむかった。

こんな顔をしたシーちゃんを、私は知らない。シーちゃんだけでなく、生身の人間でこんな顔をした人を見たことがない。人の域を超えていた。世界を統《す》べるすべての重力から解放されたとでもいうように、軽やかで気ままだった。

いい話し合いだったのだろうか？　シーちゃんは前世の世迷言《よまいごと》から解放されたのだろうか？

シーちゃんの歩く速度は、徐々に増していった。門扉を抜けると、すぐに駆け足になった。

藤田が桜の木陰から飛び出した。

だが、一瞬、遅かった。

シーちゃんは藤田の腕をすり抜けた。藤田の腕に気づきさえしなかったかもしれない。遅ればせながら、私も桜の木の陰から出た。藤田と一緒にシーちゃんを追いかけた。

だが、私の足も藤田の足も、魔法にでもかかったようにのろかった。シーちゃんは私たちをぐんぐん引き離し、表通りに出ていった。

自動車に身を投げ出す意図があったのだろうか。それとも、信号もなにもかも無視する精神状態だっただけなのだろうか。

表通りの信号は赤だった。車の台数は多く、どれもそれほどスピードを出してはいなかった。それでも、障害物もなにもないかのように走りつづけるシーちゃんの体を大きく空中に舞わせるのに充分な速度だった。

夕空の中、白いワンピースが花を開いたようにくっきりと浮かびあがった。そのまま空に吸い込まれていくかのように見えた。しかし、そんなことはなかった。

急ブレーキを踏んだ車のボンネットに、白い花は落下してきた。


シーちゃんは即死でした。

私は、そこからの数カ月間をどうやって暮らしていたのか、まったく覚えていません。

ひとつだけ、田中春一郎がシーちゃんの葬儀に姿を見せなかったことだけは記憶に残っています。


気がつけば、冬にさしかかっていた。

夜、漫然とつけていたテレビのニュースに、見知った顔が映った。長谷部理だった。数年前とちっとも変わっていない。けれど、いまでは横浜で弁護士になっているはずだった。

私は目が覚めたようになって、画面を見直した。しかし、すでに長谷部君の姿はなく、なんのニュースだったのかも分からなかった。

札幌での古い知己を見かけたことで、札幌にたいする郷愁が湧き起こった。

優紀に会いたいと思った。この腕の中に抱きしめたいと思った。

いまさら会いたい、抱きしめたいなどと言える義理ではない。それは分かっていた。でも、あのころの私は壊れていた。だから、札幌に行きさえすれば、優紀に会えるし抱きしめられるような気がした。

翌日、私は札幌へ飛んだ。まっすぐに、桜木や優紀と暮らしていた大学近くの貸家へ行った。

しかし、そこの表札は桜木ではなくなっていた。

東京で半田家がなくなっていると知った時よりも、もっと動転した。

考えてみれば、貸家なのだから、いつ引っ越してもおかしくはない。それで衝撃を感ずるのは、桜木はいつまでも私を待ってこの家にとどまっているだろうという驕《おご》りがあったからにちがいない。

桜木は待っていてくれなかった。

当たり前だ。誰が理由も告げずに去っていった妻をいつまでも待ちつづけるだろう。

桜木には、行方をくらましてから一度だけ、手紙を送ってある。

「ごめんなさい。探さないでください。」

待つ気を起こすには簡単すぎる文面だ。

そうだとしても、どこへ行ってしまったのだろう。優紀は元気なのだろうか。

桜木に許してもらうつもりはなかったけれど、優紀にだけは会いたかった。

私は実家へむかった。父親なら、なにか知っているのではないか。まさか実家までなくなっていることはないだろう。

実家はあった。でも、なんだか様子がおかしかった。

家の前に黒いワンボックスカーがとまっていた。その車体には「××葬儀社」と書かれてあった。

いましも、黒い服を着た人物が数人、家から出てくるところだった。そのうちの一人は大きな箱を抱えていた。

兄の姿が玄関前に出てきた。黒服にお辞儀をしている。

私の視線を感じたのか、兄の目がこちらにむけられた。

兄の顔に驚愕が走った。私は、敵にまみえる思いで兄に近寄っていった。

ぱしんと、右頬が鳴った。強烈な痛みが顔面を貫いた。

車に乗り込もうとしていた黒服が、びっくりしたようにこちらを見ている。

兄はかまわなかった。左頬でも音がして、またも痺《しび》れるほどの痛みが走った。

もう一度、兄の腕があがった。その腕を後ろから押さえる人がいた。

「やめてください」

静かな声が言い、兄は後ろをふりかえった。

「それでいいんですか」

「いいもなにも」

桜木が兄の前に出てきた。私にむかって言った。

「お参りに来たんでしょう。後飾りも片づけてしまったけれど。入りなさい」

「お参りって」

「お父さんが亡くなったのを知って、来たんでしょう」

「いいえ。お父さんが亡くなったの。いつ」

桜木の表情がほんの少しだけ動いた。

「昨日が四十九日」

父が亡くなって、五十日も経ってしまっているのか。

私は兄と桜木のわきを抜け、家に入った。

上がり框《かまち》に女の子がいた。

髪の毛を頭の両脇で動物の耳のように結わえている。ピンクのセーターにジーンズのジャンパースカートをはいている。足は肌色のタイツだ。

桜木と私のいい部分だけをとったような顔立ちだった。身びいきを差し引いても、とてもかわいい。

けれど、澄んだ眼差しは年齢よりいくらかおとなっぽかった。その眼差しが「誰」と聞いている。

「ママよ」

と、私は言った。声が震えた。

「ママ？」

優紀は眉間に小さな皺を刻み、疑わしげに聞き返した。

桜木が後ろから手を伸ばして、優紀を抱えあげた。

「このおばさんは、おじいちゃんをおがみに来たんだ。お外へ行っていようね」

そして、家から出て行ってしまった。

「あ、ね、その格好じゃ、外は寒いわ」

私は追おうとしたけれど、兄に邪魔された。

「そんなことくらい、分かっているさ。車にでも乗せるだろうよ。おまえはさっさとお参りしろよ」

私は、強引に玄関脇の和室へ入れられた。

母親が亡くなった時に入手した仏壇を置いている部屋で、そこに入ると、優紀のこと

は一時的に念頭から消えた。私は
線香の匂いと生花の匂いが満ちていた。仏壇には新しい位牌《いはい》が置かれてあった。

線香をあげ、手を合わせた。しかし、父親が亡くなったという実感は湧かなかった。

背後に座していた兄のほうをむいた。

「お父さん、どうして亡くなったの」

「癌」

「なんの」

「肝臓。倒れた時はあちらこちらに転移していて、手の施しようがなかった」

母親と同じか。

「二人とも若死にだね」

「精神的苦痛が多かったからね、二人とも」

おまえのせいだ、と言わんばかりに、兄は私を睨んだ。私は弁明の余地がない気がして、うつむいた。

しばらくものも言わずにいると、引き戸が開いて見知らぬ女性が入ってきた。お茶を私と兄の前に置き、その場に正座した。

「家内だ」

兄が紹介した。

結婚したのか。それもそうだ。兄もすでに三十三歳だ。

兄の妻は、ふっくらした面立ちの、陽気な感じの人だった。私のように家族を捨てて恋しい人のもとに走ったりするようなことは、決してなさそうだ。

紹介がすむと、兄嫁は部屋を出ていった。

「よさそうな人ね」

「もちろん」

「子供はいるの」

「一人。生後七カ月。あっちで眠っている」

「札幌に転勤になったわけじゃないんだよね」

「骨納めのために来ただけだ。三時の飛行機で東京に帰る」

兄は腕時計に目を走らせた。十二時になろうとしていた。二、三十分足らずで出発しなければならないだろう。

「おまえは親父のことを知って、来たんじゃないだろう」

「ええ、偶然」

「最後まで気にしていたぞ」

私はうなずいた。うなずくしかなかった。

「おまえがいなくなったあと、どうにもならなくて、桜木さんはこっちに移ってきた。

そして、おじいちゃんと一緒に優紀を育てていた。そのおじいちゃんに逝かれてしまって、これからどうするのか。桜木さんのお姉さんが優紀をひきとる話も出ているが、桜木さんは子煩悩だから」

兄は言葉を切って、ひょいと私の顔を見た。

「おまえ、帰ってきたのか」

あらためて問われると、答えに詰まった。私は帰ってきたのだろうか。

帰ってこられるのだろうか。

引き戸が開いた。

赤ん坊を背負いコートを手に持った兄嫁が顔を覗かせた。

「あなた、そろそろ」

兄はうなずいて、立ち上がった。

「桜木さんとよく話し合うことだな」

最後にそう言った。

兄は、桜木の運転する車で千歳《ちとせ》空港へむかった。

桜木が運転することに、私は驚いた。実家と大学を往復するのにどうしても車が必要で、必死で雪道を克服したのだろう。運転しなくなったのが私のせいならば、運転するようになったのも私のせいだった。

　桜木が帰宅するまでの四時間近い間、私はぽつねんと実家にとり残された。

　冷蔵庫を開くと、肉や野菜がたくさん入っていた。私は夕飯を作ることにしたが、優紀がなにを好むのか分からなかった。子供が好きな定番となると、ハンバーグだろうか。ハンバーグのほかに餃子《ギョーザ》も作った。桜木の好物だった。

　台所に立っていると、このまま二年前のつづきがはじまるような気分になった。二年前のつづき、ではなく、二年という歳月が消滅した、といったほうが正しいだろうか。料理をしながら、私の口からは鼻歌さえ漏れていた。

　家の前に車のとまる音がしたのと、餃子が焼き上がったのと、同時だった。

　私はエプロンで手をぬぐいながら、玄関へ出ていった。

「おかえりなさい」

　ドアのむこうに立っていたのは、桜木ではなかった。

　お鍋を持って、若い女性がぎょっとしたように目を見開いていた。

「あの、桜木先生は？」

「空港へ行っています。どなたですか」

「森下《もりした》といいます。桜木先生の研究室で修士号をとりました。これ、お夕飯にと思ったんですけど」

森下は鍋をさしだした。私は戸惑いながら受け取った。

「まあ。わざわざありがとうございます」

「あの、ご親戚のかたですか」

「桜木の妻です」

と、私は言ってしまった。

森下の瞳が黒々と燃えた。

「それ、桜木先生がなさったんですか」

森下は私の頰を指さした。兄に殴られた部分が両方ともじんじんと痛んでいた。鏡を見ていないけれど、赤く腫れあがっているのだろう。

「桜木はこんなことはしません」

「そうですか。どんなにやさしくても、我慢の限界というものがあると思いますけど。でも先生、本当におやさしいんですね」

森下の目から涙がこぼれ落ち、森下は指先でぬぐった。

「この二年、先生がどんなに苦しまれたか。はたで見ていて、お気の毒でたまりませんでした。時間がとれなくなって、あんなに意欲的になさっていた研究も頓挫してしまって。ノーベル賞級の研究だったのに、悔しくてたまりません」

もう一台、車が玄関前にとまった。今度こそ桜木の車だった。

桜木は、優紀をおんぶして入ってきた。

「やあ、森下さん」

と、まず親しげに森下に話しかけた。

「こんにちは、先生。お夕飯におでんを作ってきました」

「いつもすまないですね」

「優紀ちゃん、眠っちゃっている」

「うん。長いドライブで疲れたみたい」

森下は、眠っている優紀のほっぺたを人差し指でちょんとつついた。実に自然で慈しみに満ちた動作だった。優紀は目覚めなかった。

私は、すうすうと胸の中を冷たい風が通りぬけるのを感じた。

森下は私を一瞥してから、桜木に頭をさげた。

「じゃ、失礼します」

「うん。どうもありがとう。来週の予定はまたあとで連絡します」

「分かりました」

森下は去っていった。桜木と私は一緒に家の中に入った。森下のように優紀のほっぺたをつつきたかったが、できなかった。森下の鍋で両手がふさがっているという口実はあったけれど。

桜木が優紀を居間兼食堂のソファにおろすと、優紀は目を覚ました。まぶしそうに目をぱちぱちさせたあとで、私の顔を不思議そうに眺めた。

「ハンバーグ、好き？」

私は聞いた。優紀は黙ってこっくりした。

「餃子の匂いもする」

桜木が言った。

「はい、作りました。でも」

目で、森下の鍋をさし示した。

「そっちは明日でいいでしょう」

「いつも作ってきてくれるんですか」

隣の台所に鍋を運びながら聞いた。

「お父さんが八月に病気で倒れてからね。昼間、優紀をあずかってくれる人を探したら、名乗りでてくれたのが去年修士を卒業した森下さんだった。就職に失敗したとかで」

「この好景気で、修士を持っている人は引く手あまたでしょうに？」

「札幌にいたいんだそうだ。いくら引く手あまたでも、生物学の修士を必要とする会社は札幌には少ないからね」

話を交わしながら、せっせと食卓に夕飯の準備をした。優紀が大きな目で私の姿を追っていた。幼い頭でなにを考えているのか。聞きたかったが、聞けなかった。

優紀は、あれ嫌、これ嫌と言うこともなく、自分でスプーンを使って上手に食べた。

「お行儀よく育っているのね」

「知っている人ばかりだと、これでなかなかやんちゃになるんだよ。途中で席を立って歩いたりしてね」

私は、優紀にとって知らない人なのだ。優紀は食事の最後までお行儀のよい子だった。


私が食事の後片づけをしている間に、桜木が優紀をお風呂に入れた。

風呂上がり、優紀はサンタクロースの柄のパジャマ姿で台所に姿を見せた。

「おやすみなさいのチューをしてもらいなさい」

桜木が優紀の背中を押した。

いいの？　目で桜木に聞いた。桜木はうなずいた。

優紀は予防注射を受ける子供のような態度でこちらに来た。私はかがんで、優紀のほっぺたにキスをした。綿菓子のような肌触りだった。優紀はにこりともしなかった。

「おやすみなさい」

優紀は手をふって台所を出ていき、桜木に連れられて寝室へむかった。

涙があふれてきた。とめようとしても、とまらなかった。コーヒーを沸かしながら、涙を流しつづけた。

視線を感じてふりかえると、桜木が立っていた。

「眠るのが早かった。伯父さんたちが来てざわついていたから、疲れているんだね」

「いつもは？」

「童話を二冊読んでからじゃなきゃ眠らないって、おじいちゃんが言っていた。僕も、いつも優紀を寝かしつけていられたわけじゃないから」

「そうよね」

会話が途切れた。空気が揺れる。お互い、言いたいことがあるのに、言い出せない。

「コーヒーを飲みながら」

「そうだね」

コーヒーをマグカップに注いで、居間に移動した。センターテーブルをはさんで、むかいあって座る。

「お父さん、すごく頑張ってくれていたよ。掃除、洗濯、炊事、優紀の世話」

「お父さん、昔は家事なんか全然できない人だったのに。お母さんは、三十八度の熱を出していてもご飯の支度をしていたわ」

「まあ、料理は出来合いのものを出すことが多かったけれど、それでも病気で倒れる直前にはコロッケまで作れるようになっていたよ」

「コロッケを！　信じられないわ」

「そうだね。きみがはじめて作ったコロッケは、皮が黒焦げになっていたよね」

「すみません。温度管理が下手だったんです」

おどけて頭をさげた視線の先に、桜木の手の甲が見えた。マグカップにかかった桜木の手はよほど力をこめているらしく、蒼白になっていた。カップが砕けるのではないかとさえ思えた。桜木は無理をして軽い会話をしていたのだ。

「私……」

「なにも言わなくてもいい。きみの気持ちはよく分かった」

と、桜木は言った。私は反射的に桜木の顔を見た。桜木は私を見ていなかった。私の背後の壁を見つめていた。

「私の気持ち？」

「きみは本当は僕を許していなかったんだね。報復するために僕と結婚したんだ」

桜木は、ものすごく穏やかな調子で言った。だから、内容が心に落ちるのにいくらか時間がかかった。

私は、頭が真っ白になった。ちがう、なんでそんなことを思いついたの、そういう簡単な言葉すら思いつかなかった。

私がなにも言えないでいると、さらに桜木は言った。声にかすかな感情が表れていた。

悔恨か立腹か見極めのつかない感情。

「思えば、許してくれるはずなんかなかったんだ。自殺しようとさえ思い詰める目に遭わせた張本人なんだから。でも、僕はきみの本心が見抜けなかった。責める言葉ひとつ吐くことなく接してくれて、嬉しかった。いつの間にか一生ともに生きたいと、虫のいいことを考えるようになった。きみは将来の夢を壊した僕を毎日目の前にして、さぞ腸《はらわた》が煮えくりかえる思いだったんだろうね」

「報復なんて」やっと声が出た。「そんなこと、考えたこともないわ」

「じゃあ、なぜ」

私にむけられた桜木の目には、爆発寸前の悲しみがあった。怒りだったらよかったのに。

「初恋の人に再会したからだわ。私は彼女と離れることができなくなったの」

「彼女?」

「女性なの。中学の同級生」

桜木は沈黙した。長く、足の底からゆっくりと石化していっているのではないかと思える沈黙だった。しかし、石化はせず、桜木は最小限の唇の動かし方をして聞いた。

「その人と暮らしているの」

「亡くなったわ」

桜木はふたたび沈黙した。しかし、今度は短かった。桜木はやはり最小限の唇の動かし方をして聞いた。

「だから、帰ってきた？」

帰ってきた。そうなのだろうか。

帰るという言葉を使えば、二年前と同じ状態に戻るという意味を含んでしまいそうだ。でも、私はもう二年前には戻れない。なにもなかったかのように桜木と夫婦生活をつづけることなどできない。桜木だって、私を受け入れることなどできないだろう。

掛け時計が時間を刻む音が耳についた。こちこちと規則正しく前へ進んでいく。時間などとまってしまえばいいのに。

いや、時間がとまるのではなく、私自身がとまってしまいたい。ここに、永久に、空気に溶け込んで、空気になって、優紀に呼吸されて、ぐるぐる体内をめぐりつづけられたら、どんなにいいだろう。

「優紀の母親として、ここに置いてもらえないかしら」

私は言った。少し間をおいてから、桜木は口を開いた。声に中立的な穏やかさが戻っていた。

「ここはきみの家だ。お兄さんと二人で相続する手続きがすんでいる。ただ、お兄さんは札幌に帰ってこられないので、管理がてら僕に住みつづけてほしいと言って、僕も承知した。それは、きみが今日来る前に成立した話だ」

私はうなずいた。それでいい、と思った。

「でも」と、桜木はつづけた。「もしきみがこの家に帰ってきたいというなら、僕は明け渡すよ。大学に近いアパートを探して、優紀と移る」

「優紀と」

私は桜木を見た。桜木の顔には強固な意志が居座っていた。

「僕は、絶対に優紀をきみに渡さない」

そうだろう。恋に狂って、子供を人にあずけたまま行方をくらました女に、母親の役割は果たせない。そう判断されても怒る資格はない。だが、私は鉄面皮で主張した。

「優紀には母親が必要だわ。とくにおじいちゃんがいなくなってしまったいま」

「優紀は最近、森下さんをママと呼んでいる。ママと呼びたいと言っている」

森下さんの顔を思い起こした。細面で全体に小作りなのに、目力があった。それだけで記憶に残る顔だ。相当性格のきつい人なのではないかと思えた。優紀の頬をつついた指先はやさしげだったけれど。

「森下さんと結婚するの」

「そうなるかもしれない」

「あなたより十五も十六も若いのに」

「好意をもってもらっている」

「彼女の子が生まれたら、優紀は邪険にされるかもしれない」

「森下さんはそんな人じゃないよ」

「愛しているのね」

桜木の瞳孔が真っ黒く膨らんだ。

「愛など、もういらないんです」

桜木は、唇から苦痛を押し出すように言葉を押し出した。

「ただ、森下さんを信頼しているし、もし結婚することがあったら彼女を大事にしようと思っている」

そして、桜木はテーブルに両手をついて頭をさげた。

「もし優紀の幸せを願うなら、決して優紀に会いに来ないでほしい。たのむから」

私は、なにも言えなかった。

翌日、離婚届にサインをして、私は東京へ戻った。


桜木と森下さんは、翌年の三月に結婚しました。桜木からではなく、挙式に出席した兄から伝え聞きました。

一方、シーちゃんを殺したも同然の田中春一郎は、どうやって家庭の危機を乗り越

えたのか、マスコミの原発関連の報道にちょくちょく顔を見せていました。ある意味、時代の寵児《ちょうじ》でした。

私をとり残して、時間は流れていきました。その私にしても、生業《なりわい》としての執筆はつづけていたのです。

チェルノブイリ原発事故は、起こったその年よりも翌年、さらにその翌年のほうが大きな反原発のうねりを生じさせた。

第一に、食品等の放射能汚染が深刻の度合いを増すとともに、ベールに包まれていたチェルノブイリ事故の様相が明らかになってきたこと、第二に、四国の伊方《いかた》原発が、チェルノブイリ事故のきっかけとなったと言われる出力調整実験を行うと発表したこと、第三に、ヒロセタカシ現象と呼ばれるようなブームを巻き起こした反原発の本が出版されたこと、それらが重なったことによる。

そして、一九八八年の四月には、日比谷《ひびや》公園に二万人を超える人が集まって、原発に反対する集会が開催された。

私は集会に出かけた。真面目に勉強したらまちがいなく原発は危険に思えたし、なによりも田中が執心しているのだから悪いものにちがいないと確信したのだ。

その後の田中の生活について、藤田に調査してもらったことがある。

それによれば、シーちゃんの訪問でも田中家には亀裂が入らなかったようで、田中は妻と二人の子供とともにそこそこ平穏に暮らしているらしい。

また、ヒロセタカシ現象に恐れをなした政府が原発のPRに力を入れるようになり、その際、若手のホープとして田中が活用されることも多く、田中は仕事の面でも充実しているようだった。

しかし、シーちゃんを車の前に追いやったのは田中なのだ。法的に田中に罪はないにしても、田中が幸福なままというのは不条理ではないか。そういう思いを、私はひきずりつづけた。

さて、四月の集会で、私は長谷部君と再会した。あの混み合った公園内でよく出会ったものだと思うけれど、あちらこちらで「あら、ひさしぶり」「えー、来ていたんだ」などという声が飛び交っていたから、案外珍しいことではなかったのかもしれない。

「なんとまあ、わざわざ札幌から出てきたの、この集会のために？」

長谷部君は、目を輝かせて聞いた。

一昨年札幌へ帰ったのは、長谷部君の姿をテレビで見かけたからだった。思い出すと、まだ涙腺が開きそうになる。

「ご家族も一緒？」

と辺りを見回されたから、なおさらだ。

長谷部君のほうは、二十代半ばの女性と一緒だった。二人の指には結婚指輪がはまっていた。

私は早口で説明した。

「私ね、東京に住んでいるの。離婚したの」

長谷部君はまぶたをしばしばさせてから、

「そうか。ま、人生いろいろあるよね」

ぽんと私の肩を叩いた。

「長谷部君」と言いかけて、夫人の存在を考え、「長谷部さん」と言い直した。「長谷部さんのこと、一昨年テレビで見たわ」

「ん？　なんの時だろう」

「十一月。ニュースで、ちらっと映っていた」

「ああ、もしかしたら、国鉄の分割民営化に反対する集会に出た時じゃない。私も見た記憶があるもの」

長谷部夫人が言った。

「国鉄の民営化に反対していたの？」

国鉄は昨年四月にＪＲという名で六つに分割され、民営化されていた。父親が国鉄職員だったし、民営化の過程で十万人が解雇されるということで、私も気にしていないわけではなかった。

「うん。いまは解雇撤回闘争を支援しているんだ」

「原発にはなにかかわっているの」

「東海《とうかい》第二の設置許可取り消しの控訴審の弁護団に加わっている」

「人権派の弁護士さんになったのね」

長谷部君は頭をかいた。

「弁護士って金になるかと思ったら、貧乏暇なしだった」

でも、傍らで夫人はにこにこ笑っている。長谷部君をしっかり支えている良妻なのだろう。長谷部君はいい人を見つけた。

「平野さんはどこかに勤めているの」

「私ね、作家になったの」

「作家？　本名で？」

「北原圭という名で」

「えー、私、読んだことあります。面白かったです」

長谷部夫人が素っ頓狂な声を出し、長谷部君は納得の笑顔になった。

「そうか。平野さん、昔からストーリーテラーだったものね。小説家になっても、なんの不思議もなかったんだ」

私と長谷部夫妻は連絡先を交換しあい、その後、何カ月かに一度会って食事をするようになった。長谷部夫妻とすごす数時間は楽しく、しかも執筆の役に立った。

北原圭の作品が社会派の様相を帯び出したのは、このころだ。ミステリー界はトリックを弄した新本格と呼ばれる分野が人気を集めていたので、ちょっと時代に逆行する感は否めなかったが、世はバブル景気の真っ最中、私の本もこれまで通り売れた。

時間は過ぎていく。

一九九〇年、優紀は小学校に入学した。学校の前で森下さんと写した写真が一枚、送られてきた。手紙はついていなかった。

長い髪を一本に結った優紀は、ちょっと生意気そうなすまし顔だった。幼いころには桜木と私のいい部分だけをとった顔立ちだったのに、目も鼻も口も大ぶりで、どうも私のほうに多く似てきたようだ。

私は、小学校入学のお祝いにブランドもののワンピースを贈っていた。しかし、それは着ていなくて、白いブラウスと紺のスカート姿だった。

一九九五年は、この国にとって災厄の年だった。

一月に阪神淡路大震災が、三月に地下鉄サリン事件が、十二月に高速増殖炉もんじゅでナトリウム火災が起こった。

日本中大騒ぎだったが、それでも震災や事件とかかわりのないほとんどの人々にとっては、テレビの中の出来事でしかなかった。そういう私も、被災者に多少の寄付はしたけれど、関心はだんだんと逸《そ》れていった。

ちなみに、日比谷公園で二万人を集めた脱原発運動の高まりは、このころすでに熾火《おきび》と化していた。政府のPR活動が成果をあげたというよりも、この国の住人の性格のせいだろう。もんじゅの事故でふたたび火がつくかと思ったが、さして盛り上がらず、長谷部君を悔しがらせていた。

一九九六年、優紀が中学に入学する年だった。私は、百貨店で一番高い学生鞄を贈った。

ふたたび桜木から写真が送られてきた。実家の前で、ブレザーの制服姿の優紀が一人で写っていた。いかにもスナップショットという写真で、上半身を少しひねるようにして、こちらをまぶしげに見た優紀は、固い花のつぼみを思わせた。四、五年後には素晴らしい花が開くだろう。

そばで見ていられないのが、たまらなく残念だった。

それとはべつに、写真の端に写った三輪車が気になった。桜木家には、三輪車に乗るような子供がいるのだろうか。

　桜木とつきあいをつづけている兄に問いあわせた。

『ああ、いるよ。男の子。もう五歳だよ』

「どうして教えてくれなかったの」

『聞かれないことは教えないことにしている』

　それならば、聞かなければならない。

「優紀は、邪魔ものにされていない？」

『優紀は暗い顔で写っているかい？』

「ううん」

『直子《なおこ》さんは若いのによくできた人だよ、おまえとちがって』

　と、兄は答えた。

　優紀が幸せならば、それでいい。そうは思ったけれど、自分の目で確かめずにいられなかった。数日後、私は札幌へ飛んだ。

　桜木家を訪問するわけにいかない。優紀の入学した中学校へ行った。

　放課後、生徒たちが下校するのをむかいの道路から見守った。藤田から習った尾行術が役に立った。

　三々五々、校門から出てくるまだ小学生の名残りを色濃く残した生徒たちの間で、優紀はすぐに見つかった。ほかの子たちよりも一段おとなびて見えた。家庭内で無邪気に振る舞えないからではないかと、邪推した。

でも、眼前の優紀は明るかった。二人の女子と、笑いさんざめきながら歩いていた。声をかけたかったけれど、かけられなかった。

翌日も、その翌日も、下校時に中学校へ出向いた。東京を発った時は一目元気な姿を見られればそれでいいと思っていたのに、姿を見ると、一言でもいいから言葉を交わしたくなった。すでに、話をするまでは東京に帰らないと決意していた。

優紀はいつも二、三人の女子とともに学校を出てきた。そのうちの一人とは、家のすぐ近くまで一緒だった。そこまで来てしまうと、いくら一人きりでも声をかけるのははばかられた。

土日をはさんだ四日目、その近所の子の姿がなかった。欠席したのか、掃除当番か部活で遅くなっているのか。なんにしろ、チャンスだった。一緒にいたもう一人とは、帰路の中ほどで別れることを知っていた。

優紀が友人と手をふりあって一人になったあと、すぐさま声をかけた。

「ごめんなさい」

「なんでしょう」

「この辺に札幌駅行きのバス停はないでしょうか」

「ありますけど」

「どの辺?」

実家から五分ほどのところにバス停があるのを知っていた。口で説明するのはむずかしい場所だ。優紀が充分に親切なら、そこまで案内してくれるだろう。

「ええと」

と言ったあとで、優紀は「こちらへ」と先に立って歩き出した。

「案内してくれるの? まあ、悪いわね」

「分かりにくいですから」

うつむくようにして歩いているのは、いくぶん面倒くささを感じているからか。

近くで見ると、優紀の持っている鞄は私の贈ったものだった。嬉しかった。

こうなるまでは、あれも話したいこれも話したいと思っていた。しかし、いざとなると言葉が押し合いへし合いして、私は失語状態になってしまった。

しかし、せいぜい十分の道程だ。無駄にするわけにはいかない。私は無理矢理口を開いた。

「もしかして、中学生になったばかり?」

「はい」

「まだ一カ月かそこらね。中学は楽しい?」

「はい」

「おうちも楽しい？」

優紀は横目で私を見た。変なおばさんだと感じたのかもしれない。

「ああ、ごめんなさい。私、小説家なの。中学生とお話しする機会がないんで、ついインタビューしちゃったわ」

「小説家？」

優紀は立ちどまり、興味深そうに私を見た。中学一年生なのに、見上げる感じではない。百五十九センチの私と、もうほぼ同じ身長なのだ。日に焼けて、健康的だった。

「どんな小説を書くんですか」

「ミステリー小説」

「ルパンとかホームズとか？」

「もうちょっとどろどろしているかな」

「どろどろ？」

優紀は小首をかしげ、ふたたび歩き出した。

「そうね。たとえば、シンデレラや白雪姫といった話のミステリー版」

実際には、そんな話は書いていないけれど。

「シンデレラや白雪姫がどろどろなんですか」

「だって、継母《まはは》にいじめられた女の子の話なのよ。どろどろでしょう」

「はあ」

優紀はピンとこないようだった。森下さんにたいする恨みつらみがないせいだろうか。

「シンデレラとか白雪姫とか、あまり読まなかった？」

「ちっちゃいころは読んだかもしれないけれど……いまは小説を読むよりも図鑑を眺めているほうが楽しいので」

「図鑑って、なんの？」

「園芸とか。去年は、庭に大豆を植えて、いっぱい収穫しました」

「はあ」

「今年は、庭の雪が消えたら、キュウリや茄子を植えるつもりです。苺《いちご》も育てたいな」

声がきらきら輝いている。

どうも、私とは興味の方向がずいぶんちがっているようだ。

「それは、お父さんかお母さんが、そういう趣味をもっていて？」

桜木が庭いじりなどしないことを知りつつ、聞いた。

「趣味、かな。両親が子供たちには安全な野菜を食べさせたいって、家庭菜園を作っているので、私も自然と。弟はまだ五歳なんですけど、ちゃんとお利口で、葉っぱについた虫をひとつひとつお箸でつまんで捨てるんですよ」

「ああ」

一家で家庭菜園をしているのか。

平和な家庭の光景が目に浮かんだ。桜木が野菜作りに励んでいるところなど、想像することもできなかったのに。

ちょうどバス停についた。

「ここです」

「どうもありがとう」

どういたしまして、というように首をかたむけて、優紀は去っていった。

西日に照らされた後ろ姿が、ゆったりと落ち着いていた。

幸せなのだな。

少なくとも、家庭で肩身の狭い思いをしていることはないのだな。

安堵するはずだった。しかし、私の胸には寂寥感《せきりようかん》が這《は》いあがってきて、涙がこぼれた。

帰宅してからそう言うと、藤田は的確に批判した。

「それはね、あなた、隙あらば優紀ちゃんを桜木さんから取り上げようという魂胆だったんだよ。いけないなあ、約束を破っちゃ」

藤田について言うのを忘れていた。

藤田は豊島探偵社の社員だったが、優紀が小学校にあがった年に、一緒に暮らすようになった。

藤田比佐子《ひさこ》、私よりも八歳年上の一九四八年生まれ。美しい目をしているけれど、顔も体もごつくて、ズボンをはいていると男性に見間違われることもしばしばだ。実際、私は彼女とはじめて会った時、女性とは思わなかった。

何度も調査を依頼するうちに、親しくなった。私の心の中にはシーちゃんしかいなかったけれど、しかし一人で生きていくのは寂しすぎた。それで、シーちゃんとのいきさつをなにもかも知っている藤田と仕事以外にも会うようになり、気がついたら同居していた。

藤田の性格がさっぱりしているので、関係もべたつくところがなかった。たとえば、どちらかに好きな人ができた時には笑って別れられるだろう。気楽で、なおかつ心安らげる相手だった。

あなたと話をしてから、私はあなたに手紙を書くようになりました。

お元気ですか。苺や野菜はもう収穫の時期でしょうか。今年の出来はどうですか。

家族そろって美味しい美味しいと食べている様子が見えるようです。

……等など。

決して投函《とうかん》されることのない手紙でした。

時間はさらに過ぎていく。

バブルの崩壊がはじまったのは一九九〇年だったが、政府の中途半端な政策のせいで景気はいっこうに回復せず、一九九七年に至ってとうとう銀行や証券会社の破綻がはじまった。あちらでもこちらでも不況の大合唱だった。そして、一九九八年には男性の失業率がアメリカのそれを超えてしまった。

とはいえ、街のネオンは消えるどころか華やかさを増していたし、インターネットが着実に普及し、家電も大型化し、電話と風呂のない家庭は絶滅したと言っていいくらいで、おそらく私が子供のころよりも世の中は物質的には豊かだった。人々は、その生活に羊のように順応しているように見えた。

一九九九年、優紀が高校に進学する年だった。私は、ノートパソコンを贈った。

桜木からは、例によって写真が一枚来ただけだった。

雨の中の写真だった。

傘をさして校門の前に立つ優紀は、それでも笑顔満開だった。

校門に掲げられた校名の一部が傘で隠れていたので、どこの高校に進学したのかは分からない。ただ、見えている部分に「農業高校」とあって、私は面食らった。

優紀は、家庭菜園に飽きたらず、高校まで農業科を選んでしまったようだ。花のように美しくなる予定の子が、どういう成長を遂げるのだろう。日に焼けて真っ黒になり、腕も足もたくましくなるのだろうか。

「優紀ちゃんは賢い選択をしたね。これからは第一次産業だよ」

と藤田から誉《ほ》められたが、ちっとも嬉しくなかった。

そこには、優紀のかよう高校が分からないということも影響していた。

札幌には、女の子がかよう農業高校はないはずだ。親もとを離れて地方の高校に進学したにちがいないのに、訪ねていくことができない。私が接触することのないようにわざと校名を隠したのではないかと想像すると、気がふさいだ。

この年には、信じられないような事故が起こった。茨城県の東海村で、民間の核関連施設が臨界事故を起こしたのだ。大量の中性子線を浴びた三人の作業員のほか、近隣の住民も被曝した。

このうち、二人の作業員が亡くなった。八十三日から二百十一日に及ぶ壮絶な治療のあとのことだった。

しかし、この国は、そういった事故も乗り越えていく。チェルノブイリ事故時三十四基だった原発は、この年五十三基になっていたし、原発を止めようという気運も大きくならなかった。核関連施設と原発とは別だという意識があったのかもしれない。呑気《のんき》なことだ、という皮肉は、自分自身に返ってくる。このころあまり田中をテレビで見かけることがなくなっていたせいもあり、原発にかんして関心が薄れていた。

時代は二十世紀から二十一世紀へと移った。

二〇〇一年九月にアメリカで同時多発テロがあり、十月、アメリカは主犯がいると目したアフガニスタンへの攻撃を開始した。つづいて二〇〇三年には、大量破壊兵器を持っているとしてイラクを攻撃し、フセイン政権を崩壊させた。

先進工業国と名乗る国々はそれでも繁栄を手中から手放さなかったし、私も戦争からは遠い世界で生きていた。同時多発テロのころは、一番の気がかりは優紀の大学進学だった——進学先は農業系の大学なのだろうか。東京の大学に来るということはあるのだろうか。なにをプレゼントすればいいだろう?

プレゼントを贈れば、写真が返ってくる。二〇〇二年になると、私は早々に卒業祝いを贈った。真珠のネックレスだ。

写真は四月になるまで来なかった。

優紀は草原のような場所で、牛の手綱を手に立っていた。もちろん、手綱の先には生きた牛がいた。優紀は首に手拭いを巻き、オーバーオールをはいている。桜木の面影はますます薄れ、私の母方の血筋がくっきりと現れていた。色が真っ黒に見えるのは、逆光のせいか。健康美もきわまったという笑顔だ。

写真の裏をひっくりかえすと、「福島県飯舘村《いいたてむら》にて」というボールペン書きがあった。見覚えのない丸っこい文字だったから、優紀の手跡かもしれない。

いつの写真だろう。大学に進学しなかったのだろうか？

夜、思い切って桜木家に電話をした。優紀がもし福島県で暮らしているのだとすると、私から電話が行っても問題はないだろう。

最初、電話に出たのは、声変わりのすんでいない男の子だった。

「お父さんいますか」

『まだ帰っていません』

と言うので、お母さんに替わってもらった。

名乗ったから、森下さんはすっぱい顔をしていることが分かる声で電話口に出てきた。

『今晩は、お久しぶりです』

「お久しぶりです。今日、写真が届いて」

『写真？』

「桜木さんが勝手に送ってくれたんでしょうか、真珠のネックレスのお返しに。優紀の写真です」

　森下さんが移動する音が聞こえる。部屋を出て、べつの部屋に入り、戸を閉める。

『ああ、はい。送ると言っていました』

「福島県で撮った写真です。優紀はいま、福島県で暮らしているんでしょうか」

『いえ。帯広《おびひろ》です。帯広の畜産大学へ入って。でも、大学での写真がないので、桜木はとりあえず去年の秋、福島県の知人の牧場で撮った写真を送ることにしたんだと思います。優紀がなにをしようとしているか、よく分かるだろうということで』

「将来、畜産をやるつもりなんですね？」

『そうです。高校も酪農科に入ったんですけど、そこで知り合った子と意気投合して、と言うか婚約して』

「婚約？」

『ええ。札幌に家のある子なんですが、将来福島のおじいちゃんの農家を継ぐから一緒にやるんだとか言って』

　私は言葉が出てこなかった。森下さんは私を気遣ってくれたのか、つけくわえた。

『まだ十代の約束だから、本当にそうなるかどうか確かじゃありませんけど』

「でも、きっと優紀は、こうと決めたらまっすぐ進んでいくタイプなのでしょうね」

『ええ、まあ、そうですね。いい子だけれど、頑固です』

「だいぶ手を焼きましたか」

森下さんは含み笑いをした。

私ははじめて森下さんに、いや、桜木夫人に素直な気持ちを抱いた。

「ここまで大きくしてくださって、本当にありがとうございました」

『お礼を言われる筋合いはありません。優紀は私の娘ですから』

突っぱねる言い方ではなかったから、反感はもたなかった。ただ、ちくりと胸に棘が刺さった。

『そうじゃないと、あの子は知ってはいますが。幼い時から賢い子でしたから』

というつづきに、刺さった棘が折れる。

知っているのか。

それはそうか。桜木が再婚した時、優紀は三歳九カ月、新たに母親ができたのだと理解できる年齢だ。

『でもね、中学一年の春、なぜか突然、優紀は私の肩を抱きしめて、こうささやいてくれたんです。私のお母さんはママ一人だ、って』

私は、あ、と低く声をあげた。

六年前の札幌での情景が浮かぶ。バス停の場所を聞いたらうつむくようにして案内してくれた優紀、西日を浴びてゆったりと去っていった優紀。あの時、優紀は私が母親だと感じとっていたのだろうか。

それにしても、桜木夫人はなにを言いたいのか。胸に刺さって折れた棘の先端がなかなか抜けない。

『だから』と、桜木夫人は言った。『平野さんが帯広まで優紀に会いに行ったとしても、私は心配したりしません』

ふわりと、足もとの床が柔らかくなったような気がした。

「それはつまり、会いに行って母親と名乗ってもいいということですか」

『桜木には内緒です』

生真面目な口調でささやいた。

桜木夫人と私の間に秘密の協定ができた。けれど、それは夫人と私が親しくなったことを意味しない。

「写真、どうもありがとうございました」

『どういたしまして』

私たちは折り目正しく挨拶して、電話を切った。

優紀に会いに行っていい。優紀に母親と名乗ってもいい。

天にものぼる心地だったが、しかし半日も経たないうちに足もとの床はもとの硬さをとり戻した。

桜木夫人の許可を得なくても、優紀が実家から離れたのなら、いくらでも会いに行けただろう。会いに行ったにちがいない。

でも、桜木夫人の一言が私を臆病にさせた。

優紀は私の肩を抱きしめて、こうささやいてくれたんです。私のお母さんはママ一人だ、って。

優紀は、私を母親だと認めてくれないかもしれない。それはいい。母親だと呼んでほしいなどと、そこまで図々《ずうずう》しい望みはとっくに捨てている。

でも、優紀は私と会うことさえ拒絶するかもしれない。バス停まで歩いた十数分の間に、優紀が私をすっかり嫌いになってしまった可能性を否定できない。なにしろ、私は白雪姫だのシンデレラだのを持ち出して、継母というものを揶揄《やゆ》したのだ。優紀が桜木夫人の肩を抱きしめて「私のお母さんはママ一人」とささやいたのは、その反動だったのではないか。

会いに行っても拒絶されるかもしれないと思うと、もう行動を起こせなかった。私は、恋を自覚した時にシーちゃんから逃げ出したように、優紀から逃げ出した。四年間、帯広行きを練っては実行せずに終わった。出す当てのない手紙ばかりが机の引き出しに積もっていった。

私には、愛するものから嫌われる勇気が決定的に欠けていた。

そして、二〇〇六年、優紀は大学を卒業した。私は、卒業祝いにブランドもののショルダーバッグを贈った。

今回も、写真はなかなか送られてこなかった。

四月のある日、固定電話が鳴った。このころはもう知り合いからの電話は携帯が主流になっていて、固定電話が鳴ることは滅多になかった。どうせなにかのセールスだろうと受話器をとると、思いもかけない声が流れてきた。

『もしもし』

何年ぶりに聞いてもすぐに分かる、美しいバリトン。桜木だ。

「もしもし、なにかありましたか」

なにかなければ、連絡をよこすわけがない。

『ええと、優紀が大学を卒業して』

「ええ、そうですね」

『六月には結婚することになりました』

「もう、ですか」

思わず言ってしまったが、高校の時にはすでに婚約していたのだから、いつ結婚してもおかしくなかった。

『うん。結婚相手の祖父が亡くなって、農家を継ぐということで、予定より早まって』

少し残念そうな口調だった。

「こんなに早く手放したくないですね」

『そうだけれど、この七年間、家にはいなかったから、まあ』

と、桜木は溜め息をついた。その溜め息に、老いを感じた。桜木は今年還暦を迎える。

「まあ、花嫁とバージンロードを歩くのは、おじいちゃんよりもお父さんのほうがいいですからね」

妊娠した時、桜木が、早く子供ができなければ「父親かおじいちゃんか分からなくなっちゃう」とのたまったことを思い出して、言った。

桜木もそれを覚えていたらしく、ふっと小さく笑った。

『まったくだ』

電話線のむこうとこちらで、短い沈黙が落ちた。私は聞きたくてじりじりしていたけれど、言い出せなかった。

桜木は咳払いをひとつし、それから言った。

『結婚式に出たい……』

とそこまで言ったところで、私は答えていた。

「出たいです」

『ああ、そうですか。じゃあ、招待状を送ります』

そう言われてから、躊躇が来た。

「出ていいんですか。優紀はなんと言っています」

『節目節目に高いプレゼントを贈ってくれるおばさんにも、出席してもらいたいって』

「おばさん？」

『優紀には、プレゼントをよこしているのは僕の大学の教え子だった人だと言ってあります。いろいろ世話をして、非常に僕に感謝している、と。もっとも、優紀は頭がいいから、薄々本当のことを勘づいているようだけれど』

「勘づいた上で、出席してもらいたいと言っているのですね？」

『そうです』

「ありがとうございます」

誰にともなく感謝の言葉が出た。受話器を持ったまま、深々と頭をさげた。フローリングに水滴がしたたった。

二〇〇六年六月十一日、その日が優紀の結婚式だった。

新郎新婦の親が札幌に住んでいることから、式は札幌で行われた。前日は雨模様だったが、当日は六月の札幌らしいからりとした晴天になった。

新郎新婦は新婚旅行に行くこともなく、翌日には飯舘村へむかうという。村には新郎の祖母が一人で暮らしていて、牛がいるから結婚式に出席することもできないのだった。優紀たちも、村につくなり農作業が待っているという。

新郎は、西根陽介《にしねようすけ》といった。体のがっちりしたじゃがいもみたいな青年を予想していたのだが、どうして歌舞伎役者といっても通用しそうな美男子だった。体もそれほど逞《たくま》しくない。

優紀たちの高校の同級生が、二人の馴れ初めを語ったところによれば——

陽介の父親は飯舘村の酪農家の出自だったが、農業全般が嫌いで、東京の大手の建設会社に勤めていた。ところが、生まれた息子はどういうわけか幼いころから父親の実家に惚《ほ》れこんで、祖父の畜産農家を継ぐと決めこんだ。

一方、優紀の父親はH大で生物学部の助教授だ。だから、優紀が農業に興味を抱いた、ということはない。生物学部といっても、研究対象は遺伝子なのだ。お嬢さま育ちの優紀が農業を志すようになったのは、家庭菜園のせいだろう。チェルノブイリ事故をきっかけにして、桜木家では子供たちに安全な野菜を食べさせようと家庭菜園をはじめ、優紀はそれを手伝ううちに農業に目覚めたのだ。そして、中学卒業後は帯広の農業高校に進んだ。

畜産農家を継ぐと決めこんだ陽介も、父親の転勤先の札幌を離れ、帯広の農業高校に入学した。

そこで陽介と優紀は同じクラスとなり、一目で恋に落ちた。それからは、二人は陽介一筋、優紀一筋。

ただし、二人の会話をそばで聞いていると、家畜の糞尿《ふんにょう》によるバイオマス発電の可能性だとか、遺伝子組み替えの作物からの汚染の危険性だとか、肉牛を水田耕作に使うことは可能か、といった、ロマンもなにもないものだったという。

それでも、足掛け七年にわたる恋を見事に結実させ、今日ここに結婚の運びとなったのだった。めでたしめでたし。

私は、知人の席に座って式を見守った。

知人の席は、優紀や陽介の恩師などで占められ、見知らぬ人ばかりだった。

知人の席の隣は親族の席で、そこには桜木の兄姉がいた。彼らは私を見て見ぬふりをした。私もそ知らぬ顔をしていた。義姉には土下座して謝っても足りなかったが、こういう場所ではむしろ無視しあうのが最上の礼儀に思えた。

さて、優紀だ。

ウエディングドレス姿の優紀は、中学入学の時の写真で予想した通りの美しい花になっていた。少しも臆するところがなく、花婿よりもむしろ堂々として見えた。

二人の未来は光に包まれていると感じられたし、その通りであってほしいと願った。

ほとんど食い入るようにして優紀を見つめている私とは対照的に、優紀の視線は一度も私のほうにむけられなかった。

ここに実の母親がいると知っているのかいないのか。

やがて、式は終了間近となり、新郎新婦による両親への花束贈呈の時が来た。出入り口の屛風《びょうぶ》の前に立っている優紀の両親と陽介の両親。そこにむかって、優紀と陽介が近づいていく。

まず、陽介の両親への花束贈呈。陽介の母親は、めそめそと泣いている。陽介は照れたようにぽいと花束を両親に渡し、父親はその時なぜかにやりと笑った。

それから、優紀の番だ。花束を持ったまま、瞬時、桜木と見つめあった。オールバックにした桜木の髪は半白になっているし、背中がいくぶん猫背になっている。シーちゃんの面影など探したくても、ない。

桜木の手が動いて、娘を抱きよせた。二人そろって号泣をはじめそうな雰囲気だったが、それはこらえて、優紀は父親に花束を渡すと、母親の前に進んだ。

桜木夫人も年をとっていた。皺が深く、体の線も崩れ、私より五つ六つ年下のはずだけれど、もしかしたら私と同年輩に見えるかもしれない。二十年前の気性の強そうな若い娘は痕跡すらなかった。

優紀は、母親とも見つめあった。

今度は、優紀のほうから母親を抱きしめた。優紀の背中を叩く母親の手には、くちゃくちゃになったハンカチが握られていた。

花束贈呈が終わると、新郎新婦は退場していった。

優紀の花嫁姿を生で見られたのは、嬉しい。しかし、優紀が「節目節目に高いプレゼントを贈ってくれるおばさんにも、出席してもらいたい」と言ったのは、どういうつもりだったのだろう。結局私は、優紀と一度も視線を交わすことなく、東京に戻った。

「私はこの人たちに育てられたのだ、母親はこの人でしかない、ということを私に見せつけたかったのかしら」

私は、藤田相手に同じ愚痴をくりかえした。

そのたびに藤田は、「優紀ちゃんがあなたを見た時に、たまたまあなた、余所見《よそみ》していたんじゃないの」とか、「いざとなったら、優紀ちゃんはあなたにどういう顔をしていいか分からなくなったんじゃないの」とか、慰めの言葉をくれた。

しかし、あまり度重なると慰めの材料が尽きたのか、

「いい加減にしなさい。結婚式に呼んでくれただけでもありがたいと言っていたくせに、出席したら、今度は不満の種を見つけるのね。人間、贅沢はほどほどにしておくものだよ」

と叱りつけた。

藤田の言うことはもっともなのだけれど、しばらく私の心は晴れなかった。

時間はさらにすぎていく。

二〇〇八年クリスマスも間近なある日、桜木からＡ４の封筒が送られてきた。パソコンの画面から印刷されたらしい大きな写真が一枚、入っていた。赤ん坊の写真だった。皺もなく、目がぱっちりとあいて、とてもかわいらしいから、生後百日には達しているだろうと思えた。

裏をひっくり返すと「優、十二月七日誕生、男の子です」とあった。

「生後半月かそこらでこんなにしっかりした顔をしているなんて、先が楽しみだね」と、藤田に感心された。

私は百貨店に駆け込み、ベビー服を山のように買って贈った。

西根家からのお祝い返しは、飯舘村牛のベーコンだった。

軽く火を通して一口食べると、舌がとろけそうになった。藤田も絶品だと誉めた。

優紀が作ったのだろうか。市販品のようにパックされてあり、「イイタテ」というロゴも入っていたけれど、優紀が育てた牛から作ったのかもしれない。

飯舘村への憧れが募った。

春になったら、訪ねてみようと計画を練った。結婚式での優紀の態度を思い返すと怯《ひる》む気持ちはあったけれど、今回は帯広の時のような計画倒れにはしないと決意し、その通り実行した。

あれは、四月中旬のことでしたね。

東京の桜はすでに散ってしまっていたけれど、飯舘村は花の盛りで、空気が甘やかに匂っていたことを思い出します。

飯舘村は予想以上に美しい村でした。

飯舘村で、優紀との出会いは思いがけない形で実現した。

私は、村内の民宿に宿泊の予約をしていた。農泊といって、農家が民宿をしているところだった。

藤田の運転する車が宿についたのは、四時をまわったころだった。

車をおりて、

「あ、牛の声が聞こえる」

藤田がはしゃいだ声をあげたのと、農家の戸があいたのと、同時だった。

中から赤ん坊を背負った女性が「じゃ、またよろしくお願いします」と、出てきた。

「こっちこそよろしく」

という大きな声が建物の中から聞こえてきた。

女性が戸を閉め正面をむいた瞬間、私の心臓ははねあがった。

優紀だ。優紀と優だ。

しばしば夢にみた娘と孫が、五メートルしか離れていない距離に立っている。

優紀は、すぐに私には気づかなかったようだ。私と藤田を見て、閉じたばかりの戸を開いた。

「おばさん、お客さん、到着ですよ」

奥にむかって叫び、それから私の顔を見直した。

その眉間に、皺が寄った。

「こんにちは」

と、藤田が言った。私は口がきけなかった。心の準備ができていなかった。

優紀は藤田に視線を移し、少し戸惑ったように「こんにちは」と返した。

建物から人が出てきた。私と同年輩のおばさんだった。日本手拭いを頭にかぶり、まぶしいほど白い割烹着《かっぽうぎ》をつけていた。

「いらっしゃい、平野さんと藤田さんですね」

「はい、お世話になります」

藤田が答えた。

優紀は、私たちに浅く会釈して、前庭の片隅にむかった。そこに味もそっけもない白いライトバンが停《と》められていて、それが優紀の車らしい。

「車、どうぞ、あちらに置いてください」

おばさんが藤田にライトバンの停まっている方向を漠然と指さした。そこが駐車スペースらしい。

「はい」

と言ったが、藤田は車に乗り直さず、私の背中を押した。

私は一歩、駐車スペースにむかってよろめき、それから今度は自分の力でライトバンに近づいた。早くしなければ、優紀は車に乗って走り去ってしまう。

「あの」

車のドアをあけようとしていた優紀は、動きをとめた。なに？　と言うような目が、玄関の上がり框で私と出会った時の三歳の優紀とそっくりそのままだった。

私は当たり障りのない台詞しか思い浮かばなかった。

「とても綺麗なところね」

「ええ」

「明後日までいようと思って。いい骨休めになると思うわ」

優紀はうなずいた。

だから、どうなんだ、と言われているような気がして、話がつづかない。

「優ちゃん、眠っているの？」

藤田が聞いた。いつの間にか彼女は、私よりも優紀に近づいていた。

「四カ月かそこらよね？」

優紀の顔にたじろぎが現れた。

「よくごぞんじで」

「平野さんとは一緒に住まわせてもらっているから」

「そうなんですか」

農泊のおばさんが奇妙な視線をこちらに送っていた。こういう地域では、口さがない噂が立つのではないかと気になった。

「明日、お宅に訪ねていってもいいかしら」

藤田は、私が口にできないことを平気で言う。

「ほとんどお相手できないと思います。朝から夕方まで牛と農作物の世話に明け暮れていますから」

優紀は、車に乗り込もうとした。

「おんぶしたまま運転するの」

藤田の指摘に、優紀はあっというように優をふりむいた。

後部座席にはチャイルド・シートが用意されている。優をそこに移すことを忘れていたのは、優紀が見た目ほど冷静ではないということかもしれない。

優紀が冷静でないと知って、私は勇気が出た。優紀のそばに行って、

「おろすのを手伝わせて」

と言った。藤田が手を叩いた。

「そうだ。あなた、そのまま助手席に乗りなさいよ。眠っている子はチャイルド・シートより、人が抱っこしていたほうが心地よいはずだよ」

なにを言い出すのだ。優紀が許すわけがないではないか。それに、私の帰りの足はどうするのだ。

「帰りは大丈夫。私、優紀ちゃんの車の後ろをついていくから」

誰の返事も待たないまま、藤田は自分の車へ戻っていった。農泊のおばさんに、

「彼女の家まで行ってきます」

と宣言する。

私は藤田の宣言に合わせるようにして、優を優紀の背中からおろした。ミルクの懐かしい匂いが鼻を満たし、胸がいっぱいになった。

優紀は、突発的な成りゆきに拒否するきっかけをつかめなかったのか、黙って優を私にあずけ、運転席に乗り込んだ。

運転しながら、優紀はまったく口を開かなかった。でも、私は優を胸に抱いていたか

ら、不幸ではなかった。

優はどちらかというと陽介に似ているようだった。女の子のようにやさしい寝顔だ。その眉間に、時おり皺がよる。あ、お目覚めかな、と思うが、目覚めない。

最初は顔を見、赤ちゃん特有の匂いを嗅ぎ、四カ月の女児よりは確実にずっしりと重い手応えを感じるのに夢中だったが、そのうちにようやく衣類に目がいった。

手編みらしい毛糸のケープを着せられている。

「あなたが編んだの」

「私は編み物は苦手なの。ママが編んでくれたの」

「まあ、なんでもできる人なのね。理学部の出身なのに」

「ママは努力家だから」

優紀の口調は誇らしげだ。

私は一瞬、優紀を憎んだ。

「あなたが結婚式に私を呼んだのは、ママを自慢するためなの？」

運転する優紀の横顔が険しくなった。

優紀は後ろからついてくる藤田にライトで合図を送り、車を道路の端によせて停めた。

優紀はハンドルに顔を突っ伏した。

「優をチャイルド・シートに寝かせて、おりてくれない」

それが決定的な一言だと知るのは、いつだって声に出して言ってしまったあとのことだ。

私は後悔よりも絶望を感じながら、虚《むな》しく抵抗した。

「チャイルド・シートの使い方が分からない」

優紀は顔をあげ、しばらく私を見ていた。睨むというよりも、怨ずる目だった。

「あなたは、きっと、一生私の気持ちが分からない」

そんなことは言わないで、努力するから。

言葉は、声に出したとたんに優紀の立てた高い壁にはね返されそうだった。というよりも、私自身にも安直な言葉だと感じられた。

私は二十五年前、娘ではなく、シーちゃんをとった。その事実を変えることはできない。しかも、この二十五年の歳月の中で、私はそのこと自体を一度たりとも後悔したことがない。

そうだ。私は、いまでもあの日のことを後悔していないのだ。シーちゃんとの日々は、私の中で宝石のように輝いているのだから。優紀とともに暮らしていれば、もっと美しい宝石を手に入れられただろうと分かっているけれど……。

優紀に許されなくて、当たり前ではないか。

私は車からおり、なんとかして優をチャイルド・シートに寝かせた。優紀は運転席から出てきて、優が安全にシートに据えられているか確認した。

運転席に戻ろうとして、優紀は私の目も見ずに言った。

「いくらお金があまっているかしらないけれど、もう、高い贈り物なんかいらないから」

「お金があまっているわけではないわ」

実際、このところ本の印刷部数が減っていて、ひところほど裕福ではなくなっていた。

「ただ喜んでもらいたくて」

「市販のものをもらって喜ぶと思う？」

鋭く言って、優紀は運転席に滑りこんだ。

ドアを閉める前に、もう一言放った。

「今晩、宿で出る野菜類はうちの畑で採れたものだから」

私は茫然と優紀の言葉を嚙み締めた。

「ねえ、あのベーコン、あなたのお手製なの？」

走り出してしまった車にむかって叫んだ。

聞こえたかどうか。多分、聞こえなかっただろう。

誰かが、私の肩を叩いた。誰か、ではなく、藤田だ。

「失敗したみたいだね」

「もう二度と会ってもらえないかもしれない」

私は悄然《しょうぜん》と答え、藤田は私の頭を自分の肩にひきよせた。

飯舘村は美しかったけれど、一泊しただけで東京に帰った。

宿で出た野菜を懸命に記憶に刻みつけたはずなのだけれど、どんな味だったか、どうしても舌に蘇らない。十数分だけこの手に孫を抱いたという思い出だけでこの先の人生を生きていくんだなあ、このころの私は、そう思って暮らしていた。

優紀が二人目の子を妊娠していると知ったのは、二〇一一年の三月十二日だった。

だが、話を進めすぎた。少し、この間にあった出来事を整理しよう。

二〇〇六年の四月に、藤田は長年勤めていた豊島探偵社を辞めた。前年に個人情報保護法が全面的に施行されて以降、得意の捜索活動がむずかしくなり、しかも腰痛持ちになって尾行にも支障をきたすようになったためだった。しかし、全面的に私に生活費を依存するのは抵抗を感じるらしく、スーパーマーケットで警備員の仕事をはじめた。早番と遅番はあるものの、これまでのように不規則な時間の仕事ではなくなり、午前中に出ていって午後には帰ってくるようになった。これが、私の日常の中で起こった最大の変化だ。

二〇一一年の大災害の兆候としては、最低、ふたつのことを挙げなければならない。

第一は、二〇〇四年十二月二十六日に起こったスマトラ島沖地震だ。マグニチュード9・1のこの巨大地震は巨大津波を引き起こし、死者行方不明者を含め三十万人近い人的被害を出した。翌年アメリカ南東部を襲ったハリケーン・カトリーナといい、明らかに自然災害は大型化していた。

第二は、二〇〇七年に起きた新潟県中越沖地震だ。マグニチュードはこの国としてはさほど大きいとは言えない6・8だったが、新潟県にある柏崎刈羽《かしわざきかりわ》原発をほぼ直撃し、全七基のうち、定期点検で停止中だった三基を除いて、四基が停止した。そればかりか、テレビは原発の敷地内で煙があがっている様子を克明に映し出した。運よくそれは大事故につながる火災にはならなかったけれど、この国の災害が決して原発を素通りするものではないことを示していた。これを契機に、国と電力会社がもっと謙虚になっていたなら、二〇一一年の悲劇は防げたかもしれない。

そして、二〇一一年三月十一日が来ました。

二〇一一年三月十一日午後二時四十六分、私は机の前でうたた寝していた。仕事を片づけようとパソコンを睨んでいるうちに眠ってしまったのだった。

クルーズがはじまった、ずいぶん揺れる船だ、と思ってから、頭が覚めた。揺れは夢の中ではなく、現実の中で起こっていた。

パソコンが落ちそうになったので支えた。背後の本棚で本が雪崩《なだれ》を起こし、数冊、私の頭や背中に当たった。築二十年のマンションが軋《きし》み、いまにも倒壊しそうだった。

遂に関東大震災が起こったのだ、と思った。しかし、揺れがおさまってから点けたテレビは震源地を三陸沖《さんりくおき》と伝え、岩手・宮城・福島の三県に大津波警報を流していた。

その時点では、あまり優紀や優の心配はしていなかった。飯舘村は福島県で、しかも内陸側だったから、被害があったとしても東京とさして変わらないだろうと高をくくっていたのだ。

はじめのうち都内で発生したビル火災を映していたテレビは、間もなく、押し寄せてくる大津波の映像に切り替わった。その過酷な情報の上に、さらに夕方になると、福島第一原発での全電源喪失がくわわった。

チェルノブイリ事故というよりも田中春一郎憎さで少し原発をかじっていたから、原発での全電源喪失がなにを意味するのかは知っていた。俄然《がぜん》、優紀の身が心配になり、大分県地図を広げた。

飯舘村は福島第一原発から四十キロほどの地点にあった。

大丈夫、と自分に言いきかせた。これだけ離れていれば、よほどの事故にならないかぎり安全だ。

だけど、よほどの事故だったチェルノブイリでは、七百キロ離れた地域でさえ濃厚に汚染されたホットスポットができた。これがよほどの事故になったら？

なるわけはない。日本の技術は優秀なのだから、ぎりぎりで大事故を回避できるはずだ。

不安と根拠のない確信の中で、数時間をすごした。

午後十時近くになって、官房長官が会見し、半径三キロ以内の住民に避難指示を出したと発表した。

私は矢も盾もたまらなくなって、桜木家に電話をかけた。

呼び出し音半回で、受話器が取り上げられた。

『もしもし』

桜木夫人だった。緊迫がそのまま電話線に乗っている。なにがあった？

「平野です」

名乗ると、夫人は『あ』と気の抜けた声を出した。

『主人と連絡がとれなくて』

「桜木さんと、ですか。だって、札幌もそんなに揺れたんですか」

『札幌も揺れましたが、そうではなく、主人は会議で仙台に行っているんです』

「それはまた……」

津波の映像が頭をかすめたが、とりあえずは優紀のほうだ。

「優紀は無事なんでしょうか」

『優紀とも連絡がついていません。ただ、あそこは場所的に大丈夫では』

「原発が事故を起こしているみたいなので、優を外に出さないようにとか、自分たちも外出の際はマスクをするとか、そういったアドバイスをしたいんです。そう伝えてもらえませんか」

『はあ？』

桜木夫人はぴんと来ないようだった。

『連絡がついたら、話しておきます。でも、平野さんからも電話してみてくれませんか』

「優紀の電話番号を知らないんです」

桜木夫人は優紀の携帯電話の番号を読み上げると、そそくさと受話器を置いた。思いがけず優紀の電話番号を知った。だが、喜んでいる場合ではなかった。すぐにかけてみた。通じない。

一時間おきにかけ直したが、無駄だった。飯舘村では携帯・固定ともに電話が不通になっていたのだ。

夜っぴてテレビの前にいた。途中で藤田が帰ってきて私に食事をさせようとしたが、喉をとおらなかった。

午前三時すぎ、福島第一原発一号機でベントをすると発表された。ベントというのは、原子炉の爆発を防ぐため炉内の水蒸気を放出する作業だ。当然、水蒸気とともに炉内の放射性物質も出る。風向きと速度によっては、放射性物質がどこまで飛散するか分からない。

午前六時には、原発の避難区域が十キロに拡大された。

私は、長谷部理の携帯に電話をした。長谷部は長年原発訴訟に携わっていて、すでに原発の専門家と言っていいほど詳しくなっていた。

長谷部も眠っていなかった。

『確か、娘さんが福島に住んでいるんだよね』

出るなり、長谷部はそう言った。

「そうなのよ。そちらになにか情報は入っていない？」

『通信網がずたずたで、現地とは連絡がとれないんだ。でも、相当深刻な事態だと思う。未確認だけれど、福島市で放射能測定器が警告音を発しているって』

「どこの情報」

『ネット』

そうか。インターネットにいろいろ載っているのか。そこまで頭がまわらなかった。

『もしかしたら、東京も危ないかもしれない。なにしろ、ベントまでしなければならない事態に達しているんだから』

「東京も？」

『だって、あそこには六基の原発があるんだよ。一基メルトダウンを起こしたら、作業員全員避難となって、ほかの原発も次々と危うくなるじゃないか。下手をすると、第二原発の四基にも害が及ぶかもしれない』

言われてみれば、その通りだ。

「じゃあ、東京は駄目ね」

『札幌に避難する？』

「そうね。札幌よね」

優紀の一家を札幌へ運ぶ。私は決意した。

四時に寝床に入ったばかりの藤田を叩き起こした。

「悪いけれど、飯舘村へ連れていって」

藤田は頭を一ふりしたあとで、うなずいた。

車に水と食料を積んで自宅を出発したのは、午前八時をいくらかすぎた時刻だった。

前回、村に行った時は五時間かそこらで到着したと記憶している。しかし、今回は渋滞のうえに、地震で何カ所も道路が寸断されていたため、もとの道に引き返したり大回りしたりして、村についたのは夕日が沈む直前だった。

到着前の午後三時三十分ごろ、一号機が爆発を起こしていた。案内役としてはまったく意味をなさないナビ・システムでテレビを観ていた私は、四時半すぎに全国版で流された爆発映像に仰天した。原子炉が爆発したわけではなさそうだったけれど、放射能汚染の脅威を強く意識した。どんなことがあっても優紀と優を福島から連れ出さなければならない。

飯舘村内は、慌ただしい空気に包まれていた。南相馬《みなみそうま》市や双葉《ふたば》郡から避難してきた人たちを受け入れていたのだ。

優紀は、自宅の庭で井戸の水を汲《く》みあげていた。断水していて、炊き出し用に使う水を婦人会に届ける作業をしていたのだと、あとで知った。

おなかが臨月に近い大きさだった。走っていって、重い桶《おけ》からポリバケツに水を移し替えるのを手伝った。

優紀は、唖然とした表情で私を見ていた。

「迎えに来たの。札幌へ行きましょう」

「なにを言っているの」

「一号機が爆発した。ここにいちゃ危ないわ」

「まさか」

ちょうど家の前を広報車が通りがかったのは、僥倖《ぎょうこう》だった。

『一号機で爆発があったようです。念のため屋内避難してください』

「ほらね」

優紀は、家の裏に駆け込んだ。そこに牛舎があって、陽介が牛に餌をやっていた。

「陽ちゃん、原発が爆発したって。優はどこ」

「え、おばあちゃんと家の中にいるだろう。原発が爆発？」

陽介は牛舎から出てきて、私を見て目を丸くした。

挨拶もそこそこに、私は事情を説明した。

そこから優紀が優とともに避難を決意するまで、まる一晩かかった。

優紀は、原発が爆発しても村まで放射能が来るとはかぎらないという希望的観測にすがった。当年八十歳になる祖母も、「原発はずっと遠いところにある、なんも恐くね」の一点張りだった。

実際、この時、飯舘村にはまだ放射性物質は到達していなかった。飯舘村を汚染地帯に変えたのは、十五日に降った雨と雪だった。

とはいえ、私のしたことはフライングだったわけではない。正確な情報が入手できない以上、最悪の事態を想定して行動するべきだし、結局のところ汚染は時間の問題だったのだから。

私と意見をともにしたのは、陽介だった。陽介は強硬に避難を主張した。優紀一人の身ならまだいい。しかし、優がいるし、来月には二人目が生まれる予定だ。最悪の場合に備えて行動するのが親としての責任だ、と懇々と優紀を諭した。話の分かる婿でよかったと、つくづく思った。

ただし、陽介は祖母とともに家に残った。牛や鶏を放置して家を離れるわけにいかなかったのだ。

夜明けとともに出発し東京へ戻ったが、当日の札幌行きの航空券が確保できなかった。できれば私もついていきたかったのだが、十四日の夕方のチケットが二枚、かろうじて手に入っただけだった。

二人を私のマンションに泊めた。

つい二年前にはもう二度と会ってもらえないかもしれないと思っていた優紀が、優とともに我が家にいる。優紀はかたくなな態度を崩さなかったが、優は私とともに風呂に入り、私の子守歌で眠りに落ちた。こんな最中だったけれど、白状すると、私は少しばかり幸せだった。

しかし、翌十四日の午前十一時に、今度は三号機が水素爆発した。今回の爆発は発生から数分で全国版のテレビで報道された。いよいよ、急がなければならなかった。

十四日、予定通り優紀と優は札幌へ旅立っていった。

桜木家では仙台で被災した義人とも連絡がつき、桜木夫人は落ち着きをとり戻していた。安心して優紀をまかせられる状態だった。

優紀は空港の検査場を通る間際、私をふりかえった。

低く、言った。

「ありがとう」

私は、万感の思いをこめてうなずいた。

十五日には関東地方で電力不足をおぎなうための計画停電がはじまった。同じ日、二号機のどこかが壊れ、定期点検中で安全だったはずの四号機でも爆発が起こった。

あちらこちらの水から、牛乳から、野菜から、魚から、肉から、茸《きのこ》から、放射能が検出され、国は暫定的に食料品の放射性物質の許容基準値を決めた。

しかもなお、大地は揺れつづけた。始終、緊急地震速報が流された。この揺れがさらなる原発の崩壊を招くのではないかと、生きた心地がしなかった。

そういう中で、携帯電話がかかってきた。画面に優紀の名があった。なにごとかと心臓を震わせながら、通話ボタンを押した。

『こんにちは』

ややぎこちない声で、優紀は言った。

「こんにちは。元気？」

『ええ。あの、知らせておこうと思って』

悪いことではなさそうだ。

「なにかしら」

『三日前に、女の子が生まれたの』

聞いていた予定日より三週間早い。喜ぶ前に、確かめた。

「無事なのね」

『ん。無事。私もハルナもとても元気。あ、ハルナって、赤ん坊の名前。陽介の陽に菜っ葉の菜と書くの』

「おめでとう。よかった」

心から安堵すると、じわりと歓喜が体の奥からのぼってきた。赤ん坊が無事に生まれたこと、そしてなによりも優紀から直接報告が来たことが嬉しかった。

『あのね』と、優紀はつづけた。『今回は高価な贈り物はいらないから』

「うん。じゃあ、なにがほしいの。ほしいものを言って」

『なんでもいいけれど、できれば、手作りのものを』

「ああ……」

それは困った要求だ。私は桜木夫人とはちがう。

「あのね、私、無器用なのよ。洋裁も編み物もとても下手なの」

『絵が描けるよね』

「なんで知っているの」

『あの、あなたの部屋だった部屋の戸袋に、スケッチ画とかマンガとか一杯あった』

あれを優紀は見たのか。歓喜が体の奥から際限もなく湧いてくる。

「絵を描く。陽菜ちゃんの写真をパソコンで送って」

『ありがとう』

それ以上、言うことがなくなったらしく、優紀は黙った。私はいつまでも無線の電波で優紀とつながっていたかったけれど、いさぎよく電話を切った。

送られてきた陽菜の写真は、まだ少し猿めいていた。多分、陽介のほうではなく優紀のほうに似ていて、それは私に似ているということだった。

半月の間、私は生業そっちのけで絵を描きまくった。かれこれ四十年ぶりの絵だったから、腕ならしが必要だった。なんとか描けそうだと思うと、今度は画題に悩んだ。結局、優紀の一家五人が飯舘村の古い家の前庭でくつろいでいる絵になった。パステルで、柔らかく描いた。

この絵を描いている最中が、私の晩年の人生の中で最も心安らぐ時だったのではないだろうか。原発の危機さえ、一時的に意識の上部から遠ざかった。

『とても素敵』

絵を受け取った優紀は言った。そして、つけくわえた。

『この絵が早く現実化しますように』

私の絵になんらかの力があって、未来の現実を先取りしてくれればいいのに、そう思う。しかし、実際には、そんな力はこれっぽっちもなかった。

飯舘村が高濃度に放射能汚染されていることが、徐々に明らかになりはじめた。そして、災害から一カ月後に、国は飯舘村全村を「計画的避難区域」に指定したのだった。まさか全村が避難をしなければならなくなると思っていなかった優紀と陽介の衝撃は、どれほどだったたか。

陽介は結婚後十五頭にまで増やした肉牛を泣く泣く処分して、祖母とともに札幌に避難した。


原発が次々と爆発した時は日本はおしまいだ、そう思いました。けれど、その年の十二月十六日には首相が事故の収束宣言を行いました。

そして、翌年の暮れの総選挙で政権が交替すると、国は原発への回帰をはじめたのでした。原発から際限もなく出てくる汚染水をアンダーコントロールにあると主張して、夏季オリンピックの誘致さえしたのです。

でも、あなたに言うまでもないことだけれど、二〇一四年十一月のこの時点でも、福島県民の避難者は十万人を超えています。また、避難したくてもできない家族は、子供たちを少しでも安全な環境で暮らさせようと、全国あちらこちらを大きな荷物と子供の手をひきずって旅しています。

福島県では避難解除の動きがはじまっていますね。放射能の汚染レベルが下がったとは言えないのに、国が黒を白と言いくるめて避難者の帰還を推進しはじめたのです。飯舘村の一部でも、いずれ強引とも思える帰還が日程にのぼりそうです。

でも、陽介さんとおばあちゃんは、それすら待ちきれませんでした。

二〇一一年の暮れには、おばあちゃんが見知らぬ土地での生活でたまった疲労のせいか、心筋梗塞で亡くなりました。

そして、牛を処分したことを悔やみつづけていた陽介さんは、二〇一二年、鬱病を発症して、あなたと別居状態になりました。

電話で、あなたは泣きじゃくりながら言いました。

『第一原発は、貞観《じょうがん》地震級の地震が来れば大津波に襲われるかもしれないと、数年前に指摘されていたんだって。二〇〇九年には、津波の想定を見直すべきだって、経産省の公式会議で指摘されていたんだって。それなのに電力会社は動かなかったんだって。これって、刑法上のなにかの罪にあたらないの。電車や飛行機が事故を起こしたら、過失致死傷とかそういったもので罪に問われるよね。原発の事故は罪に問われれなくていいの。おばあちゃんが死んだのも、陽ちゃんが発病したのも、原発事故とは関係ないと言うの。ねえ、法学部を出ているんでしょう、教えて』

ああ、私は、原発を推進してきた人々が誰も事故の責任を問われないこの国のシステムが憎くてたまりません。千年に一度しか起こらない災害で生じた想定外の事故だと釈明し、それを受容する人々に腹が立ってたまりません。原発は、使用済の燃料を十万年も安全に保管しつづけなければならない発電方法なのです。千年に一度起こる災害を考慮して設計したとしても、まだ足りないくらいではありませんか。

行き場のない怒りの中で、私は忘れかけていた田中春一郎の顔をふたたび見出《みいだ》しました。

ある週刊誌で、「われら原子力ムラの住人と指さされて」というタイトルのもと、三人の原発推進者の座談会が載った、その中の一人が田中春一郎だったのです。肩書きは、T大教授で原子力工学の専門家となっていました。

原発を推進したことを懺悔《ざんげ》していたのなら、まだしも黙殺することができたでしょう。でも、彼はこう言い放っていました。

「原発事故で直接的な死者なんか出ていないでしょう。原発が恐いと言う人たちは、それなら自動車にも反対すべきじゃないですか。自動車のほうが確実に毎年、膨大な数の死者を出しているのだから。脱原発の人たちは非科学的すぎます。」

優紀の遺恨ばかりか、シーちゃんの遺恨まで蘇りました。田中がシーちゃんの事故死に責任を感じなかったのも、こういった発想が根底にあったからなのだと、悟りました。

一矢報いたい。

殺人犯を殺人犯と世間に認めさせたい。

私は、ある決意を固めました。

でも、これは、私憤です。公憤の要素は、髪の毛一筋分もありません。そして、そうでなければならないのです。公憤による暴力は、世の中を悪くすることがあっても良くすることはないからです。

先に書いたように、私は九死に一生を得て生まれてきました。五十八年と約七カ月の人生は、おまけと言ってもいいものです。

だから、決して悲しまないでください。

なにかの証拠になって、あなたたち母子に肩身の狭い思いをさせるわけにいきません。この手紙も、投函せずに破り捨てましょう。

心から愛しています。

母

「田中春一郎さんを紹介してもらえないでしょうか」

原発推進者の座談会の載った雑誌の編集部にそう言って電話をしたのは、十月の初旬だった。その雑誌とはつきあいはなかったけれど、同じ出版社の文芸部とは馴染みだった。だから、取材だと受け取ったのだろう。余計な詮索はされずに、すんなりと田中に紹介された。

紹介といっても、編集部から電話で田中に作家・北原圭を取り持ってもらっただけだ。あとは、本人同士がメールで連絡をとりあうことになった。

時期が時期だけに、田中は用心深かった。

「どんな取材でしょう。」

と、まずよこした。

私は、三・一一以後反原発運動にかかわっていたが、そういう時は本名を使っていた。北原圭名で二、三、原発批判のエッセイを書いたことはあるけれど、田中あたりが目にするほどビッグなところに載ったわけではなかった。目にしたとしても、あのころは猫も杓子《しやくし》も原発を危惧していたから、根っからの反原発派だというレッテルは貼られていないだろう。だから、こう返信した。

「今回の事故を背景にした殺人事件を執筆する予定をたてています。

原発反対派にはデモや集会に参加すれば簡単にアクセスできるのですが、原発賛成派の方にはなかなかお目にかかる機会がありません。

賛成派の方が反対派に殺害されるミステリーを考えていますので、是非とも賛成派の方のお話を伺いたいのです。また、賛成派の視点に立つ原発へのご意見も直接伺えれば、と思っております。

なにとぞよろしくお願いいたします。」

そういうことなら、と田中は快諾した。

ところが、十月二十日ということで決まっていた面談は、直前になって都合が悪くなったと一方的に破棄された。変更の日時も伝えられなかったから、私は苛立った。覆面作家はもしかしたら、北原圭が平野史子だということを勘づかれたのだろうか。覆面作家はとっくの昔に返上し、インターネットのウィキペディアを覗けば、本名まで明かされている。田中がその気になりさえすれば、労なく調べがつくのである。

もっとも、田中が平野史子という名前を記憶しているとは思えなかった。一回、それも三十年近く前、電話で名乗っただけである。記憶していないと信じたかった。

十一月に入って、待ちに待ったメールがやっと届いた。

「十一月十三日ではいかがでしょう。」

私は、下調べをしていたレストランの目当ての個室がその日あいていることを確認すると、すぐさま了解の返事を出した。

十三日の朝、一緒に朝食を食べていると突然、藤田に聞かれた。

「なにを計画しているの」

「なんでそんなことを聞くの。なにも計画なんかしていないわよ」

「そんなわけない。このところ、様子がおかしいよ。とくに今日はおかしい」

自分では平静を保っているつもりだった。もっとも、田中と会うために、磨きたててはいた。美容室に行ったたし、ご無沙汰だったエステにもかよった。このところ年齢通りにしか見えなかった顔は、四、五歳若返ったと自負している。だからといって、二十代のころの私を彷彿とさせるわけではない。田中が学習会で半田忍の消息を尋ねたあの女だと気づくことはないはずだ。

「どうおかしいの」

「一週間たてつづけに早起きして、私と朝食を食べた」

そっちのほうなのか。

「それからね」

「まだあるの」

「なにかね、愛《いと》おしむ目つきをしている」

「誰を」

「すべてを」

そうだろうか。

私は、ふと辺りを見回した。十三日に出ていったら、二度とこの部屋に戻れないのだと思うと、なにもかもを過去からの眼差しで眺めている気がする。数日前からそう感じるようにはなっていた。ただ、それが愛おしむ目つきだとは思っていなかった。

部屋を一周した視線は、藤田に戻った。

骨太の体格は相変わらずだったけれど、老眼鏡が手放せなくなって、魅力的だった二重まぶたの大きな瞳が隠れてしまっている。それに、顔じゅうに散った無数の皺と染み。きっと、尾行で戸外にいることが多かったせいだ。

知り合った時は精悍《せいかん》だった雰囲気がすっかり丸みを帯びて、縁側で猫と戯れているのがお似合いになっている。すでに法的には高齢者なのだ。

私に見つめられて、藤田はしばしばとまばたきした。

「あんたはね、いつだって夢中になりすぎる。夢中になると、なにも見えなくなる。それが心配なんだ」

藤田は言った。自分ではそんなつもりはなかったけれど、充分理性的だったつもりだけれど、長年の探偵業でつちかった藤田の人を見る目は確かだろう。

「だから、これまでずっとついていてくれたのね」

「そうだよ。私がブレーキをかけなけりゃ、どこへ行くか分からない」

別れて久しい桜木にも優紀にも、迷惑はかからないだろう。だが、二十何年も同居した藤田には、迷惑をかけてしまうことになるかもしれない。かもしれない、ではなく、かけてしまう。

それなのに、たとえば、私が死んでもこの部屋を出なくてもすむように遺言状を作ってあるけれど、それ以上のものは残せない。夫と別居した優紀にも資産を分け与える必要が出てきたからだ。

私がいなくなったら、藤田はどうするのだろうと、いまさらながら思う。

しかし、心がぐらつくかと言えば、そんなことはない。私は、私がやるべきことを、やる。

ありがとう、最後に藤田にそう言いたかったけれど、そんなことを言ったら、ますますおかしく思われるだろう。

「大丈夫。いまは、なににも夢中になっていない」

「本当に?」

「なにかに夢中になれる年齢じゃなくなったもの。いや、時代じゃなくなったと言うべきかな」

それでも怪しむ目をしている藤田に、私は時計を示した。

「早く食べちゃわないと、仕事に遅れるよ」

「うん」

藤田は汁椀《しるわん》を持ち上げ、それから聞いた。

「今日、午後から出かけるんだよね」

「そう。取材相手とお夕飯を食べてくる」

「じゃあ、私もどこかで食べてこようかな」

「うん、そうして」

藤田は慌ただしく朝食を食べ終わると、職場へ出かけていった。出際に、玄関先まで見送った私に言った。

「ありがとう」

なんの礼？

「見送ってくれて」

そんな礼には聞こえなかった。もっと深い響きがあった。

最後に一度、抱きしめたかった。でも、こらえた。後ろ姿を網膜に焼き付けて、ドアを閉めた。

そうして、午後五時五十五分、私は待ち合わせのレストランに到着した。

田中との約束は午後六時だった。田中が連絡もなく待ち合わせ場所に現れないのではないかと、懸念をもっていた。しかし、それは杞憂に終わり、田中は六時を二、三分すぎたところで個室に案内されてきた。

週刊誌の座談会には、昔の侍風容貌を維持しているものと思っていた。だから、田中は、眼鏡こそかけるようになったけれど、ずいぶんと醜悪になっていた。しかし、実物の田中は、ずいぶんと醜悪になっていた。太って腹が突き出しているのはまだしも、頭の毛はどうやら鬘《かつら》に変わっていた。自然のままに任すということが耐えられない性格なのかもしれないが、それならもう少しましな鬘をかぶればいいのに。

感想はおくびにも出さず、私は椅子から立ち上がって田中を迎えた。にこやかに田中と名刺を交換した。

「ミステリー作家協会？　ほー、そういう協会があるんですね」

「はい。デビューして来年で三十年になりますが、ミステリー一筋でして。田中さんはミステリーなどお読みにならないでしょうね」

「そうですねえ。昔は松本清張《まつもとせいちょう》などよく読みましたが、いまはさっぱり。申し訳ありませんが、北原さんのも。もちろん、お名前はぞんじあげていますがね。すごいヒット作品をお持ちでしょう」

「あら、ご存じでしたか。光栄です」

ウエイターがメニューとワインリストを捧《ささ》げていたので、私たちはいったん話を打ち切って、メニューに専心した。食欲などこれっぽっちもなかったけれど、前菜もスープもメイン料理も注文し、ワイン選びは田中にまかせた。

「で、どういうことを聞きたいのですか」

ウエイターが出ていくと、早速田中は質問した。

「その前に録音の許可をいただけますか」

私は、バッグからICレコーダーを出した。

「もちろん結構です。私が話してもいないことを書かれたら大変ですからね。実は、私もレコーダーを持ってきたのです」

田中は、小さなバッグから私のとはちがうメーカーのICレコーダーを出した。

これは、想定外のことだった。なんて用心深い男だろう。私が録音の主導権を握れなくなる恐れがある。

しかし、すぐに腹をくくった。何台レコーダーが増えようと、かまいはしない。これは、一世一代の大芝居だ。人のレコーダーを欺けないようでは、自分のレコーダーも欺けはしない。

「どうぞ」

と、私はにこやかに言った。

「でも、まだスイッチを入れるのは、待っていただけますか。これから、私が考えている小説のストーリーをざっとお話ししたいんです。田中さんのレコーダーからどこかに流出するとは考えていませんが、やはり記録には残したくなくて」

「作家さんの口から新作のストーリーをお聞かせいただけるとは、素晴らしいですね」

「はい、最初のメールでは反原発派が原発推進の方を殺害する事件だ、と書きましたが、その後構想が変わりまして」

「ほほう」

ウエイターが入ってきて、テーブルをセットし、すぐにアペリティフのカクテルを持って戻ってきた。

「どうも、落ち着きませんね」

「そうですね。お食事がすんでからにしますか」

「それでいいんですか」

「私は今回だけのインタビューのつもりはないのですが、田中さんはもう二度と私とは会いたくないと思っていらっしゃいますか」

「いえいえ、そんなことはありません」

「では、お近づきになった印に、乾杯を」

私たちは、カクテルグラスをぶつけあう真似ごとをした。

ウエイターは、私たちがはじめはなごやかに食事をしていたと証言することになるだろう。

私のICレコーダーも田中のICレコーダーも、テーブルの上でひっそりと息を潜めていた。

メイン料理の鳩の丸焼きのクランベリーソースがけが運ばれてくると、私は深呼吸をひとつして、開始した。

「それにしても、いまどき原発推進の人とお近づきになりたいなんて変わっている、と言われました」

鳩の肉を切りながら、私は言った。

「ほう、どなたに」

予想以上に鋭く、田中は聞いた。

「出版社の人です」

「座談会を企画した?」

「その企画した編集者に紹介してくれた編集者です。ま、彼女は三・一一で原発反対に宗旨替えしたので」

「実際のところ、北原さんは原発をどう考えているんです」

「私ですか。答えは出ていません。電気は必要ですよね。だからといって、危険な原発から作る必要性があるのかどうか」

田中は、フォークとナイフを手にしたままテーブルに身を乗り出した。

「原発から作る必要性があるのですよ。ずっと貿易収支の赤字がつづいているのは知っているでしょう。高い原油を燃やして電気を作っているから、こうなるんです」

口論をするつもりはなかった。私はあくまで田中から知識を伝授される原発の素人。ただ、一言、言わずにいられなかった。

「でも、一度大事故が起きれば、その後始末に莫大《ばくだい》な費用がかかるでしょう。結局のところ、採算が合わないのではないですか」

「そんなことはありません。いまでもまだ原発の発電単価のほうが自然エネルギーのそれよりも安いのです」

「そうなんですか」

その単価に、廃炉の費用も入っていなければ十万年の長きにわたって管理しなければならない放射性廃棄物の費用も入っていないことを、私は知っている。だが、それを言うと、私が相当に原発について勉強していることを悟られてしまうから、無難と思える反論にとどめておく。

「でも、事故の処理にかかるすべての費用が含まれているとは、とても思えません。たとえば、福島のお子さんたちを沖縄や北海道で保養させていますね。そういうことにかかる費用は、原発とは無関係ではないのに、一切計上されていないでしょう。本気で子供たちを保養させようと思ったらどれほどの費用になるか、想像がつきません」

　田中の頬がいくぶん赤くなっているのは、興奮のせいではなく、ワインのせいだろう。ボトルごともらって、けっこう何杯も注いであげている。私は全然飲んでいないのに（ただし、グラスに一度だけ注いだけれど）、ボトルの三分の二が空になっている。

　短い間をおいてから、田中は耳を疑うような言葉を口にした。

「保養って、なんですか」

「え」

「福島の子供たちを保養させる必要があるんですか。私は原子力工学の専門家で放射線医学の専門家ではありませんが、それでも百ミリシーベルト以下の被曝では癌になる心配はないと知っていますよ。福島で百ミリシーベルト以上被曝したのは、廃炉作業に従事している作業員だけでしょう。福島の子供たちの保養というのは、心配性な人たちが勝手にやっていることなのだから、それを原発の発電コストに算入するわけにはいきませんよ」

　激情が、体の奥から突き上げてきた。

　私がどんな思いで優紀や優を飯舘村から連れ出したか、この男には想像できないだろう。陽菜が生まれるまでどんなに心配だったか、この男には想像できないだろう。私だけではない。福島や福島以外のホットスポットに住む母親たちがどんな思いで我が子を見守っているか、この男は想像さえしないのだろう。想像力の完全な欠如！　人間じゃない。

「百ミリシーベルト以下でも癌になる可能性はあると聞きましたよ。放射線による発癌には、ここまでなら大丈夫だという閾値《いきち》はない、と」

「どういう団体が言っているのですか」

「国際放射線防護委員会《ICRP》も国連放射線影響科学委員会《UNSCEAR》も」

田中は眉をひそめた。

「ICRPもUNSCEARも？　まさか。記憶ちがいでしょう。彼らこそ、百ミリシーベルト以下は心配ないと言っているはずだ」

「いいえ。彼らは百ミリシーベルトまでは、発癌リスクの統計的有意差がないと言っているだけです。つまり、分からないと言っているだけなのです」

田中は私の顔を見直した。疑惑に満ちた眼差しだった。

「あなたは」

どんな言葉をつづけようとしているのか読めなかったが、私はここまでだと判断した。

「そうだったんですか」

私は唐突に言った。

田中の顔には、疑惑に重ねて戸惑いが上書きされた。

「なにがそうだったんです？」

「あなたがたったいま、おっしゃったことです。私、録音させてもらいます」

言いながら、私は自分のＩＣレコーダーのボタンを押した。

田中が「僕はまだなにも言っていませんよ」と言う前に、私は急いで言った。

「まさかそんなことを言い出されるとは思いもよりませんでした。いくら私が、なにかいいアイデアはないかと水をむけたからといって」

「アイデア？」

「私、彼女の中学の同級生だったんです」

「なんの話をしているんです？」

「いまさらそんなしらっぱくれた顔をしないでください。いま、ミステリーの種にどうかとおっしゃった、中学生の女の子を騙した話、半田忍のことでしょう」

「半田忍」

田中は顔面蒼白になった。

「そう、あなたの従妹《いとこ》の半田忍です」

「あんたは、誰なんだ」

田中は椅子から立ち上がった。

「言ったでしょう。半田忍の同級生です。どこかで見たことがあると思っていたら、雑誌やテレビなんかじゃなく、シーちゃんと一緒のところを見たんだわ。中学生の従妹を騙してセックスするなんてね。それでもいまじゃ教授なんだから、呆れるわ」

私はまくしたてた。

田中の唇がわななないている。しかし、言葉は出てこない。それはそうだろう。図星を指されているのだから。

「あ、やめて」

私は、ICレコーダーのそばでか細い悲鳴をあげてから立ち上がり、テーブルの食器を床にはたき落とした。その中に、田中のICレコーダーを含めた。レコーダーの上に、ワインのボトルを落下させる。ボトルは割れて、中身をまき散らした。これでレコーダーは使い物にならなくなっただろう。同時に、メインディッシュを切り分けたナイフよりもフォークよりも肉を裂くのに都合のいいものを見つけた。

私は、一連の動作を派手なわりにあまり音をたてないようにやった。一番奥まった個室だから、この程度の物音ではウエイターの気を引かないだろう。

しかし、さすがに田中は黙っていなかった。

「なにをする、やめろ」

こちらは本気の叫びだ。すぐにウエイターが飛んでくるにちがいない。

さあ、ここからだ。ここからうまくやり遂げなければならない。勇気を出して、最後まで突っ走れ。

「そっちこそなにをするのよ。私を殺す気なの」

私は叫び返し、床に落ちたボトルを拾いあげた。田中にむかって突進していく。

田中はやっと動きをとり戻した。個室から逃げ出そうとする。だが、足がもつれたのか、転んだ。

私は田中の上にのしかかり、割れたボトルを胸に突き立てた。

「お客さま、なにごとです」

ウエイターが個室のドアをあけた。

その時、私は田中の下になっていた。

ウエイターの悲鳴が轟いた。

「この人に刺された」

私は細々とつぶやいた。

辺りが急速に暗闇に閉ざされようとしている。冷気が体の奥から這いあがってくる。

白いものが乱舞する蝶《ちょう》のようにまたたいた。

雪？

私は、病院の屋上にいるのだろうか。死のうとして果たせなかった、あの屋上に。

「私じゃない。この人が勝手に」

という田中の叫びも、遠い風の音のようにしか聞こえない。

田中にむけたのはボトルの割れた先端ではなく、底。割れたほうは自分の胸に当てていた。そうやって、田中と揉《も》み合って、心臓にガラスの尖端を突き刺すことに成功した。レコーダーの音声を聞けば、誰も私が先に襲いかかったとは思わないだろう。私は、人殺しを人殺しと名指しすることに成功したのだ。

シーちゃんの顔が、意識の底を滑っていった。

優紀の顔が、優の顔が、陽菜の顔が、桜木の顔が、藤田の顔が、両親の顔が、兄の顔が、意識の暗がりで天の川のように一斉に輝く。

九死に一生を得て五十八年と七カ月、屋上で凍死しようとしてからもほぼ四十年の歳月を生き延びた。

私、余分に生きた甲斐があったよね？

問いかけは声にならず、私は深く目を閉じた。

解説――私憤と公憤が合体するとき

斎藤美奈子

『最後の手紙』はミステリーなのだろうか。そうかもしれない。

なにしろ矢口敦子は谷口敦子名で出版された『かぐや姫連続殺人事件』(一九九一年)でデビューしたのだし、はじめて矢口敦子名で書かれた『家族の行方』(一九九四年)も、女流文学賞を受賞した短編集『人形になる』(一九九八年)も、ドラマ化されたベストセラー『償い』(二〇〇一年)も、ジャンルでいえばミステリーだった。

しかし、そんな先入観を持たずに『最後の手紙』を読みはじめた読者は、先の見えない展開にハラハラしつつも、まさかこれがミステリーだとは思わないだろう。すべてを読み終わった後ではじめて知る物語の真実。『最後の手紙』はミステリーというジャンルに押し込めるにはもったいないような、多様な側面をもった作品なのだ。

『最後の手紙』は女性の人生遍歴のドラマである。

この小説のいちばんの特徴はコレであろう。語り手の「私」こと平野史子は一九五六年生まれ。史子と同世代の読者（ちなみに私もそう）には、一九六〇年代〜八〇年代の風俗や社会的事件が、懐かしく思い出されるにちがいない。

史子は特に傑出した女性ではない。むしろこの世代の平均的な女性像に近いだろう。高校時代の不幸な事故は史子を絶望させ、自殺願望さえ抱かせるが、彼女が漫画家志望だったことを思えば頷《うなず》ける話だし、今日でいう「引きこもり」に近い状態に陥るのも当時の一〇代に珍しい現象ではなかった。やや遠回りして大学に進み、意外な相手と結婚した後も、傍目《はため》には平凡な女性に見えたはずである。

そんな史子が突然、思いもよらぬ行動に出たのは二八歳。ひとり娘がまだ幼い頃だった。ここから五〇代に至るまでの数十年は、残酷なようでもあり幸福なようでもあり。最後まで読んだあなたは、ひとりの女性の人生に伴走した気持ちになるはずだ。

『最後の手紙』は女同士の恋愛（片想い）の物語である。

史子がはじめて心をときめかせた相手は、シーちゃんこと半田忍。中学一年生のときの同級生だった。一九六九年。カルメン・マキが歌う『時には母のない子のように』がヒットした年である。石森章太郎が描く『サイボーグ００９』のフランソワーズに似ている（と史子が認識する）忍は「私は生まれる前の記憶をもっているの」と語るちょっと不思議な女の子で、自分は七歳上の従兄《いとこ》と「今度こそ」結婚するつもりだ、二人の前世は会津藩の藩士と下級武士の娘だったのだ、といいだす。

偶然、忍とその従兄らしい男性の姿を見かけた史子は、突然、自覚する。〈女の私が女のシーちゃんに恋？／とても信じられない発見だった。／なにかのまちがいだと思った〉

親友だったはずの史子と忍の関係は以来、気まずくなり、史子の一家が札幌に転居したことで二人の関係は結局、断ち切られる。だが、このときの曖昧な別れが、史子の後半生を大きく決定づけることになるのである。

史子の恋は、ある意味、非常に独善的だ。忍は従兄に恋しているのだから史子の思いを受け入れるはずはなく、事実、大人になった史子は、忍の身に起こったハプニングに乗じるかたちで、二人の時間を手に入れる。だが、幸福は長続きしなかった。

〈いい年して、中学生の恋なんか引きずっていないでよ〉

史子が先に口にし、忍が反復したこの台詞《せりふ》が、再び二人を引き裂く。忍への報われない思いこそが、作品全体を貫くもっとも重要なモチーフといえるだろう。

『最後の手紙』は誰に向かって書かれているのだろう。

冒頭近くに〈あなたにはもう何通もの手紙を書いたけれど、これが最後の手紙になります。／生まれてからこれまでの人生をたどる長い手紙ですが、読み通してくれれば嬉《うれ》しい〉という一節が登場するように、『最後の手紙』はタイトル通り、誰かにあてた手紙と、その行間を埋める語りで構成された小説である。

しかし、手紙の相手が誰なのか、なぜ手紙を書かなければならなかったかは、ラスト近くまでわからない。『最後の手紙』が内包する、これが最大の謎である。「最後の手紙」という以上、遺書と考えるのが妥当だとしても。

『最後の手紙』のもうひとつの側面は、家族の物語、いや家族を捨てた女の物語である点だ。いきがかり上、夫と娘を捨てた史子は、それゆえ夫と娘から捨てられる。元来、史子は不器用な女性である。すれ違った気持ちを修復することができない。周囲には不可解な人物に映っていただろう史子の、これは渾身《こんしん》の贖罪《しょくざい》ではなかっただろうか。

『最後の手紙』はじつは反権力、反原発小説である。

最後まで本書をお読みになったあなたには、納得していただけるはずである。『最後の手紙』は二〇一一年三月一一日の東京電力福島第一原発の事故なくしては生まれなかった小説だ。「原子力ムラ」の住人たち（事故後はテレビに出ずっぱりだった）への怒りなくして成立しなかった小説でもある。福島の原発事故が「想定外」だったわけではないことは、物語の随所で示されている。

史子は特に意識が高い「社会派」の女性ではないものの、史子の世代は一九七九年

〈史子は二三歳〉のスリーマイル島の原発事故に大なり小なり衝撃を受けたし、地元で持ち上がった原発建設計画にも関心を持たざるを得なかったし、八〇年代の初頭に反核運動がブームになったことも知っていたし、一九八六年（史子は三〇歳）のチェルノブイリ原発事故の際には（子育て中の人も多く）より具体的な不安と向き合わざるを得なかった。七〇年代～八〇年代はそういう時代だった。

その果ての福島、である。

作中に何度か登場し、最後に明白な「敵」としての相貌を露《あら》わにする人物。史子の場合は、原子力関係の厄災がすべて、私憤（大切な人を不幸にした怨念）と結びついてしまった点が特異ではある。だが、その根底に、この国の権力機構に対する強い不審の念が渦巻いていることは疑いようもないだろう。

というように、『最後の手紙』は一言ではとても語れない小説なのだが、ラストにいたって、私たちはようやく気づくのだ。『最後の手紙』が復讐譚《ふくしゅうたん》だったことにである。史子はなぜ、あのような行動をとったのか。すべての理由は『最後の手紙』に書かれている。すなわちこれは、一種の陳述書でもあったことになる。

〈私は、原発を推進してきた人々が誰も事故の責任を問われないこの国のシステムが憎くてたまりません〉と史子は書く。〈でも、これは、私憤です。公憤の要素は、髪の毛一筋分もありません。そして、そうでなければならないのです。公憤による暴力は、世の中を悪くすることがあっても良くすることはないからです〉

　当初は遠景でしかなかった社会的な出来事が、徐々に手前にせり出し、個人的な怨念と合体して、爆発する。事態は史子の思惑通りに進むのか。彼女の復讐は成就されるのか。それは誰にもわからない。ただ、こうはいえるだろう。身を挺《てい》して復讐劇を演じた史子は、身勝手な男の犠牲になった多くの忍たち、国の原子力政策に翻弄された多くの優紀たちの代弁者たろうとしたのではなかっただろうか。たとえその方法が常軌を逸し、権力構造全体には何の影響も及ぼさなかったとしても、ね。

　三・一一から五年が経過しようとする現在、純文学系、エンタテインメント系を含め、この国にはすでに多くの「震災後文学」が誕生している。『最後の手紙』は中では異色の、しかし傑出した一編といえるだろう。少女の内面的な成長と女同士の恋愛と家族の行き違いを描いたこの物語が「原子力ムラ」とつながるなんて！　私憤は常に公憤にまさる。けれども両者が合体するとき、歴史は動く。フィクションとはいえ、史子の復讐譚に衝撃を受けた私たちは、はたしてこの先、歴史を動かすことができるだろうか。

（さいとう・みなこ　文芸評論家）

本書は、集英社文庫のために書き下ろされた作品です。

集英社文庫

最後《さいご》の手紙《てがみ》

2016年2月25日　第1刷　　定価はカバーに表示してあります。

著　者　矢口敦子《やぐちあつこ》

発行者　村田登志江

発行所　株式会社 集英社

東京都千代田区一ツ橋2-5-10　〒101-8050

電話　【編集部】03-3230-6095

【読者係】03-3230-6080

【販売部】03-3230-6393（書店専用）

印　刷　株式会社 廣済堂

製　本　株式会社 廣済堂

フォーマットデザイン　アリヤマデザインストア　　マークデザイン　居山浩二

本書の一部あるいは全部を無断で複写複製することは、法律で認められた場合を除き、著作権の侵害となります。また、業者など、読者本人以外による本書のデジタル化は、いかなる場合でも一切認められませんのでご注意下さい。

造本には十分注意しておりますが、乱丁・落丁（本のページ順序の間違いや抜け落ち）の場合はお取り替え致します。ご購入先を明記のうえ集英社読者係宛にお送り下さい。送料は小社で負担致します。但し、古書店で購入されたものについてはお取り替え出来ません。

© Atsuko Yaguchi 2016　Printed in Japan

ISBN978-4-08-745417-8 C0193